CONFISSÕES DE UM AMIGO IMAGINÁRIO

UMA AUTOBIOGRAFIA POR JACQUES PAPIER

EM RELATO PARA
MICHELLE CUEVAS

Tradução: Luisa Geisler

9ª edição

GALERA
— *junior* —

Rio de Janeiro
2024

CIP-BRASIL. CATALOGAÇÃO NA PUBLICAÇÃO
SINDICATO NACIONAL DOS EDITORES DE LIVROS, RJ

C972c
9ª ed.

Cuevas, Michelle
 Confissões de um amigo imaginário / Michelle Cuevas; tradução de Luisa Dalla Valle Geisler. - 9. ed. - Rio de Janeiro: Galera Record, 2024.

Tradução de: Confessions of an imaginary friend
ISBN 978-85-01-07594-9

1. Ficção juvenil americana. I. Geisler, Luisa Dalla Valle. II. Título.

16-33319   CDD: 028.5
             CDU: 087.5

Título original:
Confessions of an Imaginary Friend

Copyright © 2015 Michelle Cuevas

Publicado mediante acordo com Folio Literary Management, LLC e Agencia Literária Riff.

Texto revisado segundo o Acordo Ortográfico da Língua Portuguesa de 1990.

Todos os direitos reservados. Proibida a reprodução, no todo ou em parte, através de quaisquer meios. Os direitos morais do autor foram assegurados.

Direitos exclusivos de publicação em língua portuguesa somente para o Brasil adquiridos pela EDITORA RECORD LTDA.
Rua Argentina, 171 - Rio de Janeiro, RJ - 20921-380 - Tel.: (21) 2585-2000, que se reserva a propriedade literária desta tradução.

Impresso no Brasil
ISBN: 978-85-01-07594-9
Seja um leitor preferencial Record.
Cadastre-se em www.record.com.br e receba informações sobre nossos lançamentos e nossas promoções.

Atendimento e venda direta ao leitor:
sac@record.com.br

Para Carly:
eu não conseguiria imaginar uma amiga melhor.

Capítulo um
TODO MUNDO ODEIA JACQUES PAPIER

Sim, mundo, estou escrevendo minhas memórias e já intitulei o primeiro capítulo assim:

TODO MUNDO ODEIA JACQUES PAPIER

Acho que traduz com exatidão o drama dos meus primeiros oito anos de vida de maneira poética. Logo vou avançar para o capítulo dois. Nele, confesso que o primeiro capítulo é, de fato, uma verdade aumentada, aumentada como o corpo do meu cachorro salsichinha, François. O aumento seria o termo todo mundo. Existem três exceções a essa regra. Elas são:

Minha mãe.

Meu pai.

Minha irmã gêmea, Fleur.

Se você for uma pessoa observadora, vai notar que eu *não incluí* François, o cachorro salsichinha, nessa lista.

Capítulo dois
FRANÇOIS, O PERVERSO CACHORRO SALSICHINHA

Um menino e seu cachorro são, bem provavelmente, a dupla mais clássica de todas as duplas clássicas.

Como pão e manteiga.

Como um pé esquerdo e um direito.

Como sal e pimenta.

Mas ainda assim.

Minha relação com François lembra mais pão velho e manteiga rançosa. Um pé esquerdo numa armadilha para urso. Sal e uma ferida recente. Você entendeu.

Para falar a verdade, explico que a culpa não é só do François: as cartas da vida foram terrivelmente distribuídas para ele. Para começo de conversa, não acredito que a pessoa responsável por fazer cachorros prestou muita atenção quando colocou pernas curtas num corpo com forma de banana. Talvez todo mundo fosse mal-humorado se a barriga limpasse o chão a cada passo.

No dia em que o trouxemos para casa, quando ainda era um filhote, François cheirou minha irmã e sorriu. Ele me cheirou e começou a latir: um latido que continuou nos oito anos em que estive ao alcance de seu nariz perverso.

Capítulo três
OS FANTOCHES DE PAPIER

É verdade que *Papier* é a palavra francesa para papel. Mas minha família não faz nem vende papel. Não, minha família está no ramo da imaginação.

— Tem tanta gente assim precisando de fantoches? — Fleur perguntou para nosso pai.

Honestamente, eu já tinha me perguntado isso muitas vezes sobre a loja de fantoche de nossos pais.

— Minha garota — respondeu meu pai. — Eu acho que a pergunta de verdade é quem *não precisa* de um fantoche?

— Floristas — respondeu Fleur. — Músicos. Chefs. Apresentadores de telejornal...

— Olá, bom dia — disse meu pai. — Eu sou um florista. Dizem que falar com as plantas faz com que elas cresçam mais rápido, e agora eu e o fantoche estamos conversando e nossas flores estão crescendo. — Ele girou o corpo. — Ora, olhe para mim, um pianista, com um fantoche em cada mão, então agora eu tenho quatro braços em vez de dois. Eu sou um chef de cozinha, mas em vez de luvas térmicas, eu tenho um fantoche para brincar. Ei, veja só, sou um apresentador de telejornal que dava as notícias sozinho, mas consegui um fantoche que faz comentários engraçadinhos.

— Está bem — disse Fleur. — Gente solitária que não tem com quem falar precisa de fantoches. Por sorte, eu e o Jacques temos um ao outro, e nós vamos brincar lá fora.

Eu sorri, acenei para nosso pai e segui Fleur para fora. O sininho da porta anunciou nossa saída do olhar frio dos fantoches, ao mesmo tempo que os raios de sol piscaram para nós por trás das nuvens.

Capítulo quatro
NÃO, DE VERDADE.
TODO MUNDO ODEIA JACQUES PAPIER.

A escola. Quem imaginou esse lugar cruel? Talvez seja a mesma pessoa que junta as várias partes de cachorros salsichinha. A escola é um excelente exemplo de um lugar onde todo mundo (todo mundo *mesmo*) me odeia. Permita-me ilustrar com exemplos desta semana:

Na segunda-feira, nossa turma jogou futebol. Os capitães foram escolhendo jogadores um por um. Quando chegou minha vez, eles foram embora e começaram o jogo. Não é que eu tenha sido escolhido por último: eu não fui *nem* escolhido.

Na terça-feira, eu era a única pessoa que sabia a capital da Alemanha. Levantei a minha mão o máximo que pude, acenei para a professora, como um fantoche se afogando no oceano. Mas a professora só disse:

— Mesmo? Ninguém sabe a resposta? *Ninguém*?

Na quarta-feira, durante o almoço, um garoto muito corpulento quase sentou em cima de mim, e eu tive que me arrastar do assento para evitar a morte certa.

Na quinta-feira, esperei na fila do ônibus, e, antes que eu pudesse subir, o motorista fechou a porta. Na minha cara.

— Ah, TÁ BRINCANDO! — gritei, mas as palavras desapareceram na nuvem da fumaça do escapamento. Fleur pediu para o motorista parar, desceu do ônibus e foi a pé comigo.

Então, na sexta-feira de manhã, implorei para meus pais me deixarem ficar em casa e não ir à aula. Eles nem disseram que não. Eles só me deram um gelo.

Capítulo cinco
O MAPA DE NÓS

Desde que consigo me lembrar, Fleur e eu temos feito o Mapa de Nós. Havia lugares fáceis de desenhar: o laguinho dos sapos, o campo com os melhores vagalumes e a árvore em que entalhamos nossos nomes.

E também havia elementos fixos em nosso mundo, como a Pico da Loja de Fantoches, os Fiordes de François e o Topo da Montanha de Mamãe & Papai.

Mas também havia os outros lugares.

Os melhores lugares.

Os lugares que só poderiam ser achados por nós.

Havia o riacho de lágrimas que Fleur chorou quando um garoto na escola riu dos dentes dela. O lugar onde enterramos uma cápsula do tempo. E o lugar de onde escavamos uma cápsula do tempo. E o melhor lugar de todos, o lugar onde a cápsula do tempo atualmente está (por enquanto). Havia a galeria de arte que fazia exposições com nossos desenhos de giz na calçada. E a árvore em que quebrei meu recorde de escalada e de onde também caí, mas não contamos para Mamãe e Papai. Havia o lugar onde os flamingansos, as vacachorros e os gorilagostas corriam e pastavam.

E o buraco no tronco de uma árvore onde eu guardava o sorriso da Fleur, aquele de quando ela sorri com os olhos, e não com a boca. Havia lugares para esconder, lugares para encontrar e poços profundos cheios de segredos.

Sim, como qualquer dupla de melhores amigos, havia um mundo inteiro que só poderia ser visto por ela e por mim.

Capítulo seis
MAURICE, O MAGNÍFICO

Em alguns sábados, nossa família ia ao museu para crianças da cidade, que na verdade era só um monte de bolhas de sabão, pedras antigas e coisas de bebê assim. Mas não era por isso que íamos para lá. Íamos porque, aos domingos, você ganhava pipoca grátis e podia "apreciar" a "mágica" de Maurice, o Magnífico.

Maurice era velho. Não velho como um avô, ou como um bisavô. Ele era velho *velho*. Velho como se as velas no bolo de aniversário custassem mais do que o bolo. Velho como se as suas memórias fossem em preto e branco.

E os truques de mágica! Os piores que já vi. Ele fez um em que uma pomba saía de um fonógrafo. Um fonógrafo! Esse cara devia ter pelo menos mil anos de idade. Sempre que íamos ao show dele, Fleur se inclinava para o lado a fim de que eu cochichasse meus comentários engraçadinhos.

— Maurice é tão velho — cochichei — que o boletim escolar dele era escrito em hieróglifos.

Fleur cobriu a boca com as mãos para conter as risadas.

— Ele é tão velho — continuei — que, quando ele nasceu, o Mar Morto tinha acabado de pegar uma gripe.

Infelizmente, naquele domingo específico, nenhum de nós notou que Maurice, o Magnífico, tinha *nos* visto ridicularizando o espetáculo.

— Garotinha. — Maurice parou na nossa frente com um coelho rabugento nas mãos. — Com quem você está cochichando?

— Esse é meu irmão — disse Fleur. — O nome dele é Jacques.

— Ah — disse Maurice, concordando com a cabeça. — E o que foi que o Jacques disse que era tão espirituoso?

As bochechas da Fleur ficaram vermelhas da cor do cabelo, e ela mordeu o lábio de vergonha.

— Bom — disse Fleur. — Ele acha que você é... velho. Ah, e uma farsa. Jacques disse que nada disso é de verdade.

— Entendi — falou Maurice. — Bom, o mundo está cheio de pessoas descrentes.

Maurice tentou fazer uns floreios para virar a capa, mas machucou as costas e mancou de volta para o centro do palco com a ajuda de sua bengala.

— Pessoas de pouca fé dirão que a mágica é apenas um faz de conta. E querem saber? Vocês não precisam dizer uma palavra para provar que eles estão errados. Tudo de que vocês precisam é disto.

Maurice tirou uma bússola quebrada do bolso de seu colete.

Ela devia ser tão velha quanto ele, e a seta apenas apontava para uma única direção: diretamente para a pessoa que estava segurando a bússola.

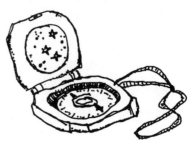

— Venha aqui, garotinha. Você vai ser minha assistente.

Fleur se levantou e relutantemente se juntou a Maurice no palco. Senti uma pontada de culpa e torci para que ele não colocasse Fleur numa caixa e a cortasse ao meio.

— Tome isso — disse Maurice. Ele entregou a bússola a Fleur.

— Eu vou fazer você desaparecer — disse Maurice. Ele caminhou até um armário do tamanho de uma pessoa e apontou para que Fleur entrasse.

Ela entrou, e ele fechou a porta.

— Alakazam! — gritou Maurice. Eu não consegui evitar: virei os olhos em desdém.

Mas então, para meu completo choque, Maurice abriu o armário, e estava vazio! Um burburinho animado atravessou a plateia.

— Agora, Fleur — clamou Maurice. — Se você der três batidas na sua bússola, pode voltar para casa.

Ele fechou a porta do armário, esperou por três batidinhas e, quando abriu a porta, *PUF*! Lá estava Fleur.

Ora, obviamente, a audiência enlouqueceu, e o velho Maurice se curvou para agradecer (ou não; era difícil saber, pois a postura dele era muito torta). Fleur tentou devolver a bússola, mas Maurice fez que não com a cabeça e fechou a mão de Fleur em volta da bússola.

— O universo é um mistério, com *M* maiúsculo — disse Maurice. — O impossível é possível. E você, Fleur, parece o tipo de garota que sabe que a *realidade* está apenas nos olhos de quem vê.

Capítulo sete
BOQUIABERTO

No dia seguinte, eu brincava com a bússola do espetáculo de mágica, tentando fazer François, o cachorro salsichinha, desaparecer, quando ouvi meus pais entrando no quarto deles. As paredes na residência Papier são finas como papel, e por isso pude ouvir a conversa que mudou o curso da minha vida.

— Você acha que — ouvi minha mãe dizer — existe uma coisa como imaginação *demais*?

— Talvez — respondeu meu pai. — Talvez tenha sido errado criar nossa garota no meio de tantos fantoches. Talvez todos esses olhos saltados e bocas que se movem a tenham confundido.

Ouvi minha mãe suspirar.

— E não devíamos ter fingido acreditar por tanto tempo. Os beliches foram uma coisa, mas colocar um lugar a mais na mesa? Uma escova de dentes a mais? Comprar um segundo conjunto de livros para a escola? Acho que imaginei que a Fleur ia crescer e deixar de ter um amigo imaginário sozinha.

Eu estava chocado.

Eu estava estupefato.

Eu estava boquiaberto.

Minha irmã, minha parceira, tinha um amigo imaginário sobre quem ela nunca tinha me contado.

Capítulo oito
VISTO

Oh, Fleur!

Nós dividimos tudo: beliches, banhos, banana splits. E nem vou seguir nas outras letras do alfabeto. Uma vez nós dividimos, pode se preparar, um pedaço de chiclete. Ela estava mascando um chiclete, e eu, não; então ela dividiu o chiclete em dois como um rei Salomão das guloseimas. Talvez fosse nojento. Talvez fosse amor. E talvez fosse uma mistura grudenta dos dois.

E agora um segredo monumental como um amigo imaginário?

Nós éramos muito próximos. Fleur podia ler minha mente. Ela sabia o que eu estava pensando antes de mim.

— O que vocês querem para o café da manhã? — nossa mãe costumava perguntar. E Fleur gritava de volta:

— Jacques quer uma panqueca na forma da "Sinfonia número 40" de Mozart! Em sol menor!

A parte mais esquisita? Eu queria isso. Eu *queria*.

A verdade é que é isso que qualquer pessoa quer: ser conhecida dessa maneira, ser vista. E não falo do nosso cabelo, ou de nossas roupas, eu quero dizer *vista* mesmo por quem somos de verdade. Todos nós queremos encontrar aquela pessoa que conhece nosso eu real, nossas esquisitices, e, ainda assim, nos compreende. Alguém já viu você? Realmente, de verdade, a parte mais profunda que parece invisível ao resto do mundo?

Espero que alguém tenha visto você.

Alguém me viu.

Fleur sempre me viu.

Capítulo nove
R DE RIDÍCULO

Na manhã seguinte, acordei um pouco menos deprimido. Minhas raiva e confusão foram substituídas por um plano. *Eu também posso jogar esse joguinho.*

Não estou falando de Banco Imobiliário ou Master, apesar de eu ser genial nos dois. Estou falando do jogo do amigo imaginário que Fleur estava jogando. Estou falando da ideia brilhante de arranjar *meu próprio* amigo imaginário.

Honestamente, eu não sabia muito sobre o tema, já que eu sou claramente uma pessoa mais intelectual: interessam-me mais os livros em pop-up com biografias de vice-presidentes e os livros de colorir sobre física de partículas. Então, fui à biblioteca conduzir minha pesquisa.

— Com licença — falei com a bibliotecária —, você tem algum material sobre amigos imaginários? Você acha que ficaria na letra I ou A? Talvez seja R, de ridículo! Eu tenho razão, sim ou com certeza?

Estendi a palma da minha mão para a bibliotecária retribuir um "toca aqui", mas ela seguiu empilhando livros e me ignorando totalmente. Mas entendi qual era o problema dela.

— Olha aqui — expliquei. — Meu cachorro François é um monstro. Ele comeu aqueles outros livros que peguei emprestado. E eu ainda acredito firmemente que ele deveria pagar as multas dos atrasos, não eu.

A bibliotecária bocejou, arrumando os óculos.

— Quer saber? *Ótimo* — falei, exasperado. — A boa e velha classificação decimal de Dewey e eu vamos descobrir isso sozinhos.

Procurei e procurei e, entre livros sobre unicórnios e um guia para o Polo Norte numa prateleira empoeirada, finalmente encontrei algo sobre amigos imaginários.

a.mi.go i.ma.gi.ná.ri.o
substantivo
: uma pessoa de quem você gosta e cuja companhia você aprecia, mas que não é real;
: uma pessoa que ajuda ou apoia alguém, mas que existe apenas na mente ou imaginação.
Sinônimos
Camarada irreal, comparsa fantástico, colega ficcional, compadre inventado, confidente mítico, compincha fantasma,

associado de faz de conta, aliado utópico, partidário umbrático [expressão em desuso], mosqueteiro hipotético.

Antônimos
Inimigo existente, antagonista factual.

Hábitat natural de amigos imaginários
Encontrados em árvores. Às vezes também localizados em salas de cinema mudo vazias, zoológicos à beira-mar, lojas de artigos de mágica, chapelarias, lojas para viagens no tempo, jardins de topiaria, botas de caubói, torreões de castelos, museus de cometas, canis, lagoas de sereias, tocas de dragões, estantes de bibliotecas (as do fundo), montes de folhas, pilhas de panquecas, na barriga de uma rabeca, sinos de flores ou acompanhados de manadas selvagens de máquinas de escrever.
Mas geralmente em árvores.

Padrões migratórios
Às vezes, amigos imaginários precisam passear, viajar ou vagar por longas distâncias antes de encontrar quem os possa ver. Quando encontram tais pessoas, eles geralmente ficam por muito tempo.

Dieta

Vaca-preta de nuvem e queijo-quente de lua. Mas seu prato favorito é poeira cósmica.

Atividades comuns de amigos imaginários

Amigos imaginários passam a maior parte do tempo agachados, encarando a grama. Mais perto. Mais perto. Ainda mais perto. Ali. Você vê? Estão sempre espiando os recantos e rachaduras de alguma coisa, qualquer que seja a coisa. Acordam sempre muito cedo, ou muito tarde, e passeiam montados em baleias que entregam o correio; acordam cobertos em uma linguagem secreta de murmúrios; escrevem sobre os hobbies das penas; mudam de forma, como uma nuvem; uivam para a lua; são uma luz radioativa noturna no escuro; são o bote salva-vidas num oceano de sopa de letrinhas; são valentes; são altruístas; acreditam em todas as histórias, mentiras de perna comprida e coisiquinhas quaisquer. Acreditam. Acreditam neles mesmos. Acreditam em *você*.

Capítulo dez
EU E MEU (NOVO) MELHOR AMIGO

Aquele livro sobre amigos imaginários. Quanta bobagem!

Mas, apesar disso, ele me deu algumas ideias de como pelo menos *fingir* que tinha meu próprio amigo imaginário.

Para não parecer muito ridículo, apenas passei tempo com o novo "amigo" quando estávamos sozinhos. Mas eu sempre me certificava de que Fleur estivesse vendo. Em primeiro lugar, peguei uma corda de pular e comecei a girá-la no ar, fingindo que meu "amigo" tinha a outra ponta na mão. Inútil. Depois disso, meu "amigo" e eu fizemos um milk-shake com dois canudinhos. Nossa, como nos divertimos, apesar de eu ter bebido a maior parte do milk-shake. Acontece que meu novo melhor amigo não gosta muito de chocolate. Jogamos jogos de tabuleiro (ganhei todas as partidas), brincamos na gangorra (mas foi um pouco parado) e depois tentamos brincar de pique-pega (mas eu passei boa parte do tempo perseguindo). Será que amigos imaginários não têm habilidades atléticas? Tenho que conferir outra vez na biblioteca.

De qualquer forma, finalmente funcionou, porque Fleur notou e me perguntou o que diabos eu estava fazendo.

— Estou dando atenção e criando laços com meu novo amigo imaginário. Meu *melhor* amigo imaginário — acrescentei.

— Entendi — disse Fleur. — E como é esse amigo?

— Como ele é? — perguntei, engolindo em seco.

— Sim, você sabe — disse Fleur. — Qual a aparência dele? O que ele gosta de fazer? Qual a cor favorita dele e a música e os hobbies e desejos e sonhos?

— Tudo bem, tudo bem. — Concordei com a cabeça. — Bom, meu amigo tem um cabelo meio alaranjado, com tons de castanho-claro e escuro. Às vezes ele usa camisetas. E ele gosta de muitos tipos de... comida.

— Jacques, você está inventando isso? — Fleur perguntou.

— Não! — gritei. — Ele é sem sombra de dúvidas um amigo imaginário real. Olha, tenho uma foto dele em algum lugar. Só preciso encontrá-la, e então podemos discutir isso com mais profundidade.

Corri para fora da sala, entrei no quarto que dividia com Fleur e bati a porta. Eu tinha conseguido ganhar algum tempo.

Sentei na minha escrivaninha e comecei a trabalhar. Tentei pensar. Pensei um pouco mais. Quem exatamente era meu amigo imaginário? Mas não tinha nada. Zero. Vazio. Era, percebi, como tentar lembrar detalhes de uma pessoa que eu nem tinha conhecido.

Capítulo onze
UMA PEQUENA LISTA DE MELHORES AMIGOS EM POTENCIAL

Mas, depois, uma lâmpada acendeu. Eu tinha inventado a coisa toda! Então, eu podia simplesmente inventar qualquer detalhe que quisesse sobre esse amigo imaginário *imaginário*. Genial. Era um plano infalível. Comecei a fazer uma lista de candidatos em potencial:

Meu amigo imaginário é um fiscal contábil bem-sucedido que está analisando a possibilidade de abrir o próprio escritório. (Desculpe, eu posso fazer melhor que isso.)

Meu amigo imaginário tem um coração feito de uma flor. Abelhas ficam zunindo em torno da cabeça dele o dia inteiro, e ele frequentemente anda sob o sol ou sob a chuva com a boca aberta, com a esperança de que isso vai ser bom para seu coração.

Meu amigo imaginário é um gigante. Ele faz malabarismo com a Terra, e com outros planetas, e isso é que faz com que eles girem. Ele não derruba a Terra com frequência, mas, quando isso acontece, xícaras de chá de cerâmica na Inglaterra caem do globo, ou as pintas dos leopardos na África despencam.

O pai do meu amigo imaginário era um peixe enorme que vivia no mar, e a mãe dele era uma sereia, e as escamas dela eram verdes.

Meu amigo imaginário se parece com uma batata e tem a mesma personalidade.

Capítulo doze
O GRANDE DRAGÃO ARENQUE

Uma vez decididos os detalhes do meu amigo imaginário, fui procurar Fleur:

— Contemple!

Eu ergui o desenho extremamente realista que tinha feito de próprio punho.

— Eu apresento... o Grande Dragão Arenque!

— Uau! — exclamou Fleur. — Que impressionante.

— Eu sei — falei orgulhosamente.

Fleur pausou.

— Então... o que é isso?

— Um Grande Dragão Arenque, é claro — respondi.

— Entendi. É parte dragão — disse Fleur.

— E parte peixe — falei, concluindo o raciocínio.

— O que ele come? — perguntou Fleur.

— Ele come vaca-preta de nuvem e queijo-quente de lua, e a comida favorita dele é poeira cósmica — respondi.

— Bom, Papai disse que vamos comer bolo de carne no jantar — disse Fleur.

Eu me virei e fingi sussurrar, como se estivesse numa conversa profunda com um dragão que na verdade não estava ali.

— Pode ser — falei finalmente. — Ele come bolo de carne também.

Entramos na cozinha, onde nossos pais faziam o jantar. Havia quatro lugares à mesa, como de costume.

— Precisamos de um quinto lugar — disse Fleur.

— Para quem? — perguntou nossa mãe.

— Jacques tem um novo amigo imaginário — explicou Fleur. — Ele é parte dragão e parte peixe, mas está disposto a provar o bolo de carne.

— Que lisonjeiro — disse nossa mãe. Senti uma pitada de sarcasmo na sua voz.

Papai parou de mexer uma panela no fogão. Mamãe se sentou, fechou os olhos e massageou as têmporas como se estivesse com uma das suas enxaquecas.

— Então, agora o Jacques tem o próprio amigo imaginário? — perguntou nossa mãe. — Você não acha isso um pouco... excessivo?

— Não muito — disse Fleur, buscando um prato e talheres extras. — Vocês não falam o tempo todo que devemos expandir nossa imaginação?

Nesse momento, Mamãe apontou um dedo para Papai, culpando-o. Ele vivia, de fato, dizendo coisas sentimentais assim.

Então, presos à lógica de Fleur, nossos pais tiveram que se apertar em torno da mesa com Fleur, um Dragão Arenque imaginário gigante e este que vos fala. Tenho que admitir que estava meio lotado.

Depois do jantar, fomos ao cinema, e Fleur insistiu que nossos pais comprassem um ingresso a mais para meu amigo imaginário. Foi quando Papai notou que já tinha visto o filme, e então fomos tomar sorvete em vez disso: a família inteira, incluindo o Dragão Arenque, que, acabamos descobrindo, era apaixonado por sorvete de flocos. Mais tarde naquela noite, quando Fleur teve um pesadelo, todos nós subimos na cama de nossos pais para nos proteger. O Dragão Arenque, no entanto, ocupava espaço demais, e Papai foi empurrado para fora da cama e caiu no chão. Então, ele começou a gritar.

— AGORA BASTA! Para mim, chega! Isso é... é... *imaginação demais!* — gritou ele. Ele se levantou de pijamas, o cabelo como o de um maníaco. — São camadas demais. — Ele continuou. — Uma garota com um amigo imaginário é uma coisa. Mas um amigo imaginário que tem *seu próprio amigo imaginário*? Não, não, é demais. É como uma boneca russa da imaginação! É como a pintura de uma pintura! É como o vento sentindo uma brisa, ou uma onda mergulhando no oceano. É como ler um livro que apenas descreve outro livro. É como uma música bater pé ao ritmo e dizer "Nossa, eu adoro essa música"!

Talvez tivéssemos atingido o limite do Papai.

Mas eu não conseguia pensar nisso. Tudo em que eu conseguia pensar era no que ele tinha dito antes.

Um amigo imaginário que tem seu próprio amigo imaginário.

Eu não fazia ideia do que ele queria dizer com aquilo, mas comecei a sentir uma sensação esquisita na boca do estômago.

Capítulo treze
A VAQUEIRA PATINADORA

O sol estava se pondo enquanto eu bebia as últimas gotas do fundo da caixinha de suco. Terminei, amassei a caixa e a joguei na pilha atrás do balanço com o resto.

Eu estava sentado sem me balançar. Minha cabeça pesava muito com problemas e açúcar, como a de um caubói após uma noite longa cavalgando pelo pasto.

— Quantos desses sucos você tomou, parceiro?

Olhei para cima e vi uma garota da minha idade vestida com roupas de vaqueira. Em vez de botas, ela calçava patins com esporas nas laterais.

— O que você tem a ver com isso? — murmurei.

— Tem alguém sentado aqui? — perguntou ela, apontando para o outro balanço. — Você gostaria de conversar sobre o que quer que esteja te deixando triste, parceiro?

— Não — respondi. — Eu absolutamente não quero falar

da minha irmã. Não quero conversar sobre como ela tem um amigo imaginário que ela nunca nem me disse que existia. E não quero discutir sobre como eles estão provavelmente tomando o chá das cinco ou fazendo uma tatuagem juntos neste exato momento.

— Ah — disse a vaqueira patinadora. — Problemas imaginários. São os piores.

— Claro — falei, furando com um canudo plástico a abertura de outra caixinha de suco. — Isso mesmo. Pode rir da minha dor.

— Mas eu não rio da sua dor — disse a garota. — Está vendo aquela garota ali? Aquela que tem um chapéu de caubói e está girando no carrossel?

Levantei o rosto e vi a garota. O carrossel reduziu a velocidade até parar, e as engrenagens tiniram como as últimas notas de uma caixa de música.

— Bem, a verdade é que... a coisa toda é que, se você tem mesmo que saber... é que...

E, então, ela disse as palavras que mudaram tudo, que marcaram meu coração como talhos feitos no tronco de uma árvore.

— Eu sou a amiga imaginária dela.

Capítulo catorze
UIVO, CRICRIDO, CANTO

As palavras da vaqueira saltaram dentro da minha cabeça, quicando para longe, como grilos na grama quando uma pessoa começa a se aproximar.

— Você é imaginária? — perguntei.

— Sim, e muito — respondeu a garota.

— Mentira — argumentei.

— Acredite se quiser. Não importa para mim — disse a garota.

Apertei os olhos.

— Supondo que — falei — eu acreditasse em você. Tudo bem. Você é uma vaqueira patinadora imaginária. Mas a pergunta permanece: por que, então, eu consigo te ver?

Embaixo do balanço, a garota mexeu os patins para a frente e para trás por um momento, pensando profundamente. As folhas das árvores nos banhavam em luz e em sombra.

— Como é que eu digo isso delicadamente? — disse ela. —

Você já ouviu cachorros uivando, certo? E grilos cricrilando? E pássaros cantando?

— É claro.

— Bem, eu e você não fazemos ideia do que os cachorros, os grilos e os pássaros estão dizendo uns para os outros. Mas dois passarinhos poderiam fazer um dueto o dia inteiro, e um grilo pode entender o cricrido do outro. E sabe por que isso acontece?

— Porque eles são iguais — respondi.

— Iguais! Exatamente!

Eu encarei a garota de patins. Sacudi a cabeça.

— Ah, não — suspirou ela. — Você realmente, de verdade, não sabe, não é?

— Não sei o quê? — perguntei. — Que você é uma pessoa maluca? Bom, isso eu sei.

— Deixa eu fazer uma pergunta para você — disse a vaqueira. — Na escola, você tem que sentar em qualquer carteira que simplesmente esteja livre? Você tem que desviar de carros? De bicicletas? Alguém além da sua irmã fala com você? Você nunca se sentiu como se fosse, não sei, *invisível*?

— Todo mundo se sente assim às vezes — falei, minha voz diminuindo. — Não é...?

E, com isso, eu me levantei do balanço e corri para fora do parque.

Capítulo quinze
POEIRA DANÇANTE

Passei o dia seguinte inteiro me lamentando no colchão de cima do beliche. Olhei o quarto. O sol estava nascendo, e pilares de luz brilhavam para dentro. Os raios de sol, cheios de poeira dançante, marcavam as duas janelas no chão. Por algum motivo, a ideia de que talvez fosse isso que mantinha nossa casa de pé me ocorreu. Não os raios solares ou os pregos, mas outra coisa. Algo que não poderia ser visto a olho nu, mas que estava por baixo de tudo.

Fiquei ali pensando até o dia virar noite. Olhei para o céu do lado de fora, azul-marinho com pontos de estrelas. Fiquei ali até Fleur vir dormir na cama de baixo.

— Fleur, do que você acha que são feitas as estrelas?

— Sei lá — disse ela, já pegando no sono.

Talvez nós sejamos feitos das mesmas coisas que as estrelas, e as estrelas sejam feitas das mesmas coisas que nós. Feitos de todas as coisas perdidas e de todas as coisas que não pertencem a lugar algum.

Mamãe veio nos pôr para dormir. Ela ligou a luz noturna e veio até o beliche.

— Boa noite — disse ela, tirando o cabelo do rosto da Fleur — Bons sonhos e durma com os anjos.

— Agora é a vez do Jacques — pediu Fleur.

— Boa noite, Jacques. Bons sonhos.

— E os anjos — reclamou Fleur.

— Certo. — Mamãe sorriu. — Ouçam aqui, anjos: durmam com o Jacques também.

Então, ela arrumou as cobertas em volta do queixo de Fleur. Ela botou as cobertas para dentro nos cantos e beijou a testa de Fleur.

— Eu te amo, Fleur.

Fleur fechou os olhos:

— Diz isso para o Jacques também.

— Eu te amo, Jacques — disse ela, e, então, se levantou e caminhou para fora, deixando um pouquinho de luz vazar pelas frestas da porta fechada.

Capítulo dezesseis
TODO MUNDO (AINDA) ODEIA JACQUES PAPIER

Decidi fazer um experimento.

Na segunda-feira, parei no meio do campo de futebol durante um jogo, sentindo o cheiro de grama e o sabor de borrachudos. Eu cantei, juro, "A canoa virou" 174 vezes. Ninguém notou. Nem os borrachudos.

Na terça-feira, sapateei na escrivaninha da professora durante a aula de Geografia. Ela só ficou ensinando sobre fiordes. Fiordes!

Na quarta-feira, apostei com todo mundo no horário de almoço na lanchonete que conseguiria comer uma bandeja cheia de taças de pudim de caramelo.

— Ei! — berrei. — Aposto que consigo comer mais pudim de caramelo que qualquer um aqui!

Ninguém aceitou o desafio. Eu venci por W.O.

Na quinta-feira, fiquei do lado de fora da sala de jantar e assisti à minha família jantar. Papai me serviu um prato de frango surpresa e tudo mais. Ele disse (para alegrar Fleur, imagino):

— Agora, vamos lá, Jacques, coma tudo. É seu favorito.

— Jacques nem está aqui — disse Fleur.

— Claro que está — cacarejou Mamãe. — Ele está sentado bem ali, como sempre. Não está?

Então, na sexta-feira, eu já tinha laringite de tanto cantar "A canoa virou", picadas de insetos, dor de barriga e um monte de informação inútil sobre fiordes. Comecei a me perguntar: será que eu gosto mesmo de frango surpresa? *Será*?

Foi então que eu, Jacques Papier, normalmente calmo, senhor de mim e sem nenhuma necessidade de assistência, comecei a entrar em pânico.

NOTA EDITORIAL:
Tendo em vista os acontecimentos recentes, decidi temporariamente renomear este último capítulo. Aqui está a revisão. Grata pela compreensão.

~~Capítulo dezesseis~~
~~TODO MUNDO (AINDA) ODEIA JACQUES PAPIER~~

Capítulo dezesseis
TALVEZ NINGUÉM ODEIE JACQUES PAPIER (PORQUE TALVEZ NINGUÉM SAIBA QUE ELE EXISTE)

Capítulo dezessete
A MARÉ ESTÁ SUBINDO

— Vejo que vocês voltaram. — Era a vaqueira de patins. Ela se sentou outra vez do meu lado no parque.

— Eu não tenho nenhuma vontade de falar com você. Se não fosse por você — expliquei —, eu teria seguido em feliz ignorância. Agora, estou questionando tudo. Não sei a diferença entre esquerda e direita. Minha vida é mais deprimente do que a de um cachorro salsichinha.

Eu sabia que estava sendo um pouco dramático, mas era bom poder culpar alguém.

— Então você entendeu agora? — perguntou a Vaqueira. — O que você é?

— Mas eu tenho uma cama! — protestei. — Tenho um lugar à mesa. Tenho um lugar no carro.

A garota acenou com a cabeça, deixando que meus pensamentos saíssem de mim numa mistura bagunçada, como vaga-lumes fugindo de um jarro de vidro, todos acesos e brilhando de raiva.

— Tem desenhos que fiz pendurados na geladeira. Mas acho que a Fleur sempre me ajuda um pouco com eles. Espera! Sim. Todos os anos tenho uma festa de aniversário. Claro, nós somos gêmeos, então também é a festa de aniversário da Fleur. E nós sempre dividimos o bolo...

Então, precisei colocar minha cabeça entre os joelhos.

— Estou tendo um ataque cardíaco! — gritei entre tentativas arquejantes de respirar. — Chame o hospital! Chame a polícia! Arranje um desfibrilador!

— Ora, não enferruje suas esporas com choro — disse a Vaqueira, esforçando-se para me acalmar. Ela esfregou minhas costas. — Respira. Não é tão ruim assim, sabe?

— Não é tão ruim assim? — perguntei, levantando minha cara vermelha à altura da dela. — Ontem eu achava que era um *garoto*. Agora eu sou o quê? Etéreo? Intangível? *Invisível*?

— A verdade é que — respondeu ela — você só é invisível se você se sentir invisível, seja você imaginário ou não.

— Bom — falei, minha voz pequena —, eu me sinto como o ar. Me sinto como o vento. Sinto como se fosse feito de areia, e a maré está subindo.

Capítulo dezoito
EM QUE EU, JACQUES PAPIER, SOFRO UMA CRISE EXISTENCIAL

Eu me afundei na tristeza.

Tudo bem, serei honesto, isso é um eufemismo. Eu estava bem mais que afundado. Tanto afundei que já estava atravessando a crosta terrestre. Eu estava tão afundado que, se alguém quisesse seguir o buraco que meu corpo deixava, chegaria à China, ou pelo menos ao núcleo do planeta.

Fiquei na cama. Não me mexi. Não tomei banho. Nem me dei o trabalho de comer, beber ou me juntar à família para as noites de origami. Qual era o sentido daquilo? Pessoas imaginárias somente podem dobrar cisnes de papel imaginários.

Fleur estava, é claro, preocupada.

— Eu não ligo para o que qualquer pessoa pense — disse Fleur. — Você é real para mim.

— Ok, tudo bem — falei. — Mas do que eu sou feito, Fleur? De nada que você possa tocar. Nada que você possa ver.

— Tem um monte de coisas reais que não se pode tocar ou ver — respondeu Fleur. — Tem música, tem desejos, tem gravidade. Tem eletricidade! E sentimentos. E silêncio.

— Ah! — falei. — Que maravilhoso. Que dia feliz, tudo está resolvido. Quer dizer, claro, você é feita da mesma coisa que flores e a lua e dinossauros. E eu sou a mesma coisa que *gravidade*? Perfeito. Estupendo. Com o que eu estava preocupado mesmo?

Fleur olhou para mim, mordendo o lábio inferior do jeito que ela fazia quando estava assustada, confusa ou prestes a chorar.

— A gente deveria fazer algo hoje para animar você — disse ela, gentilmente. — A gente pode trabalhar na lista de coisas que você gostaria de fazer antes de morrer.

Ela foi até a escrivaninha, abriu uma gaveta e tirou a lista de lá.

— Tipo isso aqui — sugeriu ela, apontando para o papel. — A gente pode colocar um escorpião ninja treinado no pote de comida do François.

Soltei um muxoxo e coloquei um cobertor sobre a cabeça em resposta.

— Ou — continuou ela, ainda lendo — nós podemos colocar a casinha do François numa árvore, enquanto ele dorme, e ver a cara de confuso dele quando acordar. Ou o número três, que parece legal: a gente pode colocar o François numa roupa de bebê e deixá-lo na porta de um orfanato. Mas não sei onde achar roupas para bebê compridas o bastante...

— Fleur! — gritei. — Esquece isso, tá bem? Nada vai ajudar. Eu diria que meu coração está partido e que não tem conserto, mas não posso.

— Por que não? — perguntou Fleur.

— Porque — falei — eu nem tenho certeza se coisas imaginárias têm corações.

Capítulo dezenove
AS PANELAS, AS FRIGIDEIRAS
E NOSSAS VIDAS BOBAS INTEIRAS

Tentei visualizar como meu coração imaginário se partiria caso eu tivesse um de fato. Será que se pareceria com um pequeno vazamento em um globo de neve ou com um balão estourado? Será que se pareceria com a faixa da linha de chegada no dia depois da corrida? Ou com os ponteiros de um relógio quebrado que não diz mais as horas? Será que se pareceria com uma corda de banjo partida? Ou com uma chave que quebra na fechadura?

Para me afastar dos meus próprios pensamentos, espiei Fleur e nossos pais na cozinha. Fleur parecia lidar com questões angustiantes também. A voz dela soava estranha, como se ela fosse uma acrobata equilibrando palavras no nariz, preocupada que, a qualquer momento, elas cairiam no chão com um choque e se despedaçariam.

— Se o Jacques é imaginário — disse Fleur —, mas ele

nunca soube, e agora ele sabe, então, talvez, *eu seja* imaginária também. Ou você, Mamãe. Ou Papai. Ou todos nós. As panelas, as frigideiras, o teto, o céu, o clima, a grama, nossas vidas bobas inteiras!

Fleur apontou para François, o cachorro salsichinha:

— Aquele cachorro é imaginário?

Ela se abaixou, ficou de quatro e tocou o nariz de François com o dela.

— Você é real? — gritou Fleur para François. — Ora, *você é*? Diz para mim!

Fleur parecia estar enlouquecendo. E por nada. Quero dizer, quem em sã consciência imaginaria um animal desagradável quanto um cachorro salsichinha?

Naquela noite, nossos pais nos levaram a um musical, um desses engraçados, que eles acharam que iria nos animar. Mas, então, bem no meio de uma coreografia boba de cancã envolvendo animais exóticos, Fleur se levantou do seu assento, atravessou o corredor da plateia e subiu no palco.

— Aquela ali é nossa filha? — Mamãe engasgou. — O que é que ela pensa que está fazendo?

— Como é que eu vou saber? — sussurrou Papai.

Fleur ficou plantada no centro do palco como uma árvore, as pernas esticadas, os braços cruzados. Por sorte, os atores que interpretavam hipopótamos e macacos e jacarés eram profissionais de verdade e sabiam que o show sempre deve continuar. Então, eles ignoraram Fleur e simplesmente dançaram em volta dela.

— Viram só? — disse Fleur no carro a caminho de casa. — Eu sou imaginária. Eu subi no palco caminhando, e ninguém nem notou.

Mamãe pegou duas pílulas para dor de cabeça.

— Chega disso, Fleur — disse ela, séria.

Fleur concordou. Mas no dia seguinte, Papai teve de sair do trabalho para responder a um chamado da polícia. Enquanto eu assistia à camuflagem dos camaleões na jaula dos répteis, Fleur tinha entrado no fosso dos gorilas do outro lado do zoológico.

— Ela se machucou? — perguntaram nossos pais em pânico ao chegar à diretoria do zoológico. Eles encontraram Fleur sentada num canto, enrolada em uma manta e bebendo chocolate quente.

— Se eu me machuquei? — gritou Fleur. — O gorila nem me viu! Porque sou claramente invisível. — Ela saiu do escritório pisando duro em direção ao carro.

— Criança de sorte — disse um dos funcionários do zoológico, balançando a cabeça e entregando aos meus pais uma papelada para assinar. — Ela entrou na jaula da Penélope, a gorila cega e surda.

Capítulo vinte
A SEREIA E O CAVALO

— O que esses fantoches estão fazendo aqui em casa? — perguntou Fleur. — Eles não deveriam estar na loja?

— Bom — disse Papai, enquanto carregava fantoches, marionetes e cordões —, nosso livro de como ser bons pais diz que usar bonecos pode nos ajudar na conversa.

— Conversar sobre o quê? — perguntou Fleur.

— Ah, sobre qualquer coisa — respondeu Papai. — Sobre escola, hobbies, medos obsessivos e irracionais de que as pessoas que você ama sejam imaginárias. Coisas assim.

Mamãe revirou os olhos. Aquilo era claramente uma ideia de Papai. Nós o observamos colocar um fantoche de cavalo em uma das mãos e entregar um fantoche de sereia para Fleur.

— Olá! — disse nosso pai com a sua melhor voz equina. — Como você está? Como se sente hoje?

Com muita má vontade, Fleur colocou a sereia na própria mão.

— Eu me sinto bem. Hoje nadei dentro dos destroços de um navio, onde conheci um peixe que vive num bule de chá. Fiz um desejo para uma estrela do mar. Usei tinta de fuga de lula para escrever uma carta.

— Não — disse Papai na sua normal voz paterna. — Você não finge ser a sereia. Você é você, Fleur. O fantoche é só... Ah... Espera um pouco.

Nosso pai tirou o fantoche de cavalo e começou a virar as páginas do livro de como ser bom pai, murmurando e conferindo folhas dobradas no cantinho.

— Ah, por favor! — exclamou Mamãe.

Ela se ajoelhou e ficou com os olhos na mesma altura dos de Fleur.

— Querida, nós marcamos uma consulta com um psiquiatra. Não tem nenhum remédio ou seringa nem nada assim. Você só fala. E nós vamos estar ali do seu lado também.

Fleur considerou a possibilidade.

— O Jacques pode ir?

Mamãe respondeu entre dentes:

— É claro. Tenho certeza de que o terapeuta adoraria conhecer o Jacques.

— E o Jacques pode trazer o amigo imaginário dele? — perguntou Fleur. — O Grande Dragão Arenque?

Mamãe fechou os olhos:

— Sim. Claro. Tanto faz. Eu só vou me deitar um pouquinho.

— Ótimo — disse Fleur. — Mas que fique registrado que tudo isso parece um desperdício de tempo. Quero dizer, nós temos evidências convincentes de que eu sou imaginária. Oras, eu aposto que...

Fleur usou o fantoche de sereia para pegar uma frigideira.

— Aposto que se essa sereia batesse na minha cabeça com essa frigideira — continuou ela —, eu nem ia sentir nada. Querem ver?

Nosso pai tinha enfiado a cara no livro de como ser bom pai, e os olhos da nossa mãe estavam fechados.

— Um — disse Fleur. Dois... três e...

Capítulo vinte e um
SUPERLAMENTÁVEL

E foi assim que nós acabamos na sala de emergências e, no dia seguinte, fizemos uma visita com toda a família, eu incluído, ao consultório de um psiquiatra.

O Dr. Stéphane era especialista em crianças e, parecia, tinha se especializado especialmente em crianças com amigos imaginários. Fiz uma nota mental a fim de pedir para ver as suas credenciais depois. Mas não tive a oportunidade, porque, quando chamou o nome de Fleur, o médico teve a cara de pau de pedir que eu ficasse na sala de espera, do lado de fora.

Depois que eles saíram, um super-herói de óculos e com braços de fios de espaguete olhou para mim.

— Primeira vez? — perguntou ele. Ele se sentava ao lado de um garoto pequeno e nervoso, que se segurava na capa do super-herói, como um cobertor de segurança. — Eu sou o Superlamentável, um herói medíocre. Não sou super o suficiente para ser um super-herói. Sou o amigo imaginário do Arnold, meu parceiro de aventuras.

Superlamentável apontou para o garoto ao seu lado. O garoto, por sua vez, murmurou algo ininteligível.

— Arnold estava se perguntando — disse o Superlamentável — por que a garota que estava com você foi mandada para cá.

— Na verdade — respondi —, ela é minha irmã. E nós estamos aqui porque ela acha que é imaginária também. — Pausei e acrescentei rápido: — Além disso, recentemente, ela subiu no palco durante um musical, entrou na jaula de um gorila e bateu na própria cabeça com uma frigideira.

— Entendo — disse o Superlamentável com um tom sábio.

— Nós começamos a vir quando Arnold achava que não era corajoso o suficiente, e tentou sair voando do telhado da garagem comigo. É como diz o brilhante Dr. Stéphane: "Às vezes, problemas imaginários são mais difíceis de suportar do que problemas reais."

Olhei para os outros amigos imaginários na sala de espera. Era a primeira vez que eu via amigos imaginários além da Vaqueira Patinadora. Havia uma criatura que era uma bolha peluda e grande, que lia uma revista ao lado de uma garotinha; e um ninja num canto, praticando golpes com um garoto. E havia, pelo menos eu tinha bastante certeza de que havia, um amigo imaginário em forma de uma meia vermelha. Ele se sentava longe de todo mundo, com um garoto imundo e dois pais bem-arrumados e de olhares ansiosos.

— Psiu. — Eu me inclinei na direção da meia, que, percebi, tinha cheiro de gato velho e chulé de ogro. Era como gosma de lesma e hálito de peixe.

— Você é... uma meia imaginária? — perguntei.

— Não, garoto — respondeu a meia, revirando os olhos. — Eu sou um sanduíche de almôndegas.

— Por que você está aqui?

A Meia Fedorenta parecia surpresa:

— Você quer mesmo ouvir minha história?

— Sim — falei. — É claro.

E então, daquele assento azedo, a Meia Fedorenta me contou sua breve, mas malcheirosa, história.

Capítulo vinte e dois
A BREVE, MAS MALCHEIROSA, HISTÓRIA DA MEIA FEDORENTA

— Eu sou — disse a Meia toda orgulhosa — o amigo imaginário do garoto mais bagunceiro do mundo. E ele, infelizmente, é o filho dos pais mais organizados do mundo.

"Não tem nada parecido — prosseguiu. — Ela não varre a sujeira para fora de casa. Ela varre para fora do *país*. Ela varre para a *estratosfera*. E o pai dele? Ele só autoriza que se sirva comida que combine com o guarda-roupa da família. Verde na segunda-feira. Vermelho na quarta-feira. E, o menos popular de todos, marrom cor-de-burro-quando-foge no domingo. As únicas músicas permitidas são marchas: nada de cantarolar melodias fora do ritmo ou solos de bateria desorganizados e inesperados. O garoto, meu amigo, bagunça tudo o tempo todo e leva broncas o tempo todo. Ora essa, eu acho que é por isso que nós nos damos tão bem.

"Desde que nos conhecemos — continuou a Meia —, nada pôde nos deter. A gente fazia mixórdias fedorentas, nojentas e cheias de lixo, você nunca viu nada igual. Tinha bagunças sob a mesa de jantar, enterradas nas roupas limpas, até no fundo da bolsa da mãe dele. 'O que é esse cheiro!?', eles gritavam várias vezes. 'Tem cheiro de arroto de baleia e migalhas de bigode. De esperanças apodrecidas e ensopado de leite mofado. O cheiro é de... *meias sujas*!' E o garoto e eu ríamos e ríamos. Posso ser invisível ao olhar, mas as nojeiras que fazíamos eram perceptíveis a qualquer nariz.

"E, no fim das contas, foram nossas travessuras fedorentas que me separaram do garotinho. Os pais, organizados como eram, simplesmente não conseguiam viver numa casa com resíduos de tais cheiros. Então, pegaram o garoto, fizeram as malas e foram embora tão depressa que eu fiquei para trás. Lá fiquei eu, parado na casa fedorenta, com um aviso de 'interditada pela vigilância sanitária' pregado na porta. E o garoto? Ele acenou para mim, com ares tristes, da janela de trás do carro mais limpo, mais bem polido e mais brilhante no mundo inteiro.

"Eles achavam que eu tinha ido embora, esses pais, e se encheram de alegria. Você poderia lamber o chão da casa nova e não encontraria nem uma partícula de sujeira. Mas, então, um dia, eu cheguei. Eu tinha conseguido. Demorei meses, mas eu tinha *voltado*, mais fedorento do que nunca por causa da estrada. E foi assim, como se pode notar, que todos nós viemos parar aqui no psiquiatra: um garoto, sua meia imaginária e dois pais obsessivamente higiênicos sem mais nenhum pingo de paciência."

Capítulo vinte e três
UM CONVITE

Quando fui à estante pegar uma revista, percebi que conseguia ouvir a sessão de terapia da Fleur pela porta. Se era errado eu ficar ouvindo? Era. Não só era antiético, como invasivo. Era como ler o diário de alguém, ou fuçar as roupas sujas, ou devorar o lixo de alguém (um limite frequentemente ultrapassado por François). Mas se eu, de qualquer forma, coloquei meu ouvido na porta e ouvi?

Pode apostar que sim.

— Fleur, por que você não descreve Jaques? — Aquela era a voz do (suposto) profissional médico, o Dr. Stéphane.

— Por onde começar? — respondeu Fleur. — Ele consegue desenhar tudo o que é tipo de dragão. Ele pode digitar quase doze palavras por minuto. Ele sabe listar os nomes dos bichos de estimação de todos os presidentes. Ele nunca teve soluço. Ele me ensinou a deitar no jardim, colocar o nariz na grama e ficar olhando em volta. Quando você faz isso, é como se olhasse para um outro planeta, novo, cheio de insetos alienígenas e cheiros esquisitos. — Fleur pausou. — E também, ele não tem nenhum outro amigo além de mim. Isso deve ser difícil para ele.

— E é por isso que você desejou também ser imaginária — perguntou o Dr. Stéphane. — Para que o Jacques não ficasse tão sozinho?

Afastei meu ouvido da porta. Eu tinha certeza de que já sabia a resposta para aquela pergunta.

— Ei, novato — disse o Superlamentável. — Você deveria participar do nosso grupo.

— Que grupo? — perguntei.

— Ele se chama Imaginários Anônimos — respondeu o Superlamentável.

— Imaginários Anônimos? — repeti. — Não é um nome meio redundante?

— É um grupo de apoio — explicou a Meia Fedorenta. — Para amigos imaginários com problemas. Às vezes é bom estar cercado de coisas como você mesmo.

Eu nunca tinha sido cercado de coisas como eu mesmo: coisas que não podiam ser vistas ou ouvidas, pelo menos não do jeito tradicional. Talvez eles fossem capazes de compreender isso. Bem, até as folhas mortas se juntam embaixo de camadas de neve no inverno. E até o escuro se agrupa em cantinhos e fundos de gaveta quando o sol nasce.

— Contem comigo — falei. — Onde nos encontramos?

Capítulo vinte e quatro
IMAGINÁRIOS ANÔNIMOS

— *Eu só sou invisível se me sentir invisível, seja eu imaginário ou não.*

Eu estava sentado em círculo dentro de uma casinha de brinquedo cor-de-rosa em um quintal, de mãos dadas com uma porção de integrantes do grupo enquanto repetíamos o mantra dos Imaginários Anônimos.

— Quem gostaria de começar a compartilhar? — perguntou a Meia Fedorenta.

Um enorme imaginário levantou a mão timidamente:

— Oi. Meu nome é O Tudo. Eu sou imaginário já faz quase dois anos.

— Oi, Tudo — disse o grupo em uníssono.

O Tudo era exatamente como ele tinha dito: feito de botões e sapatos velhos, uma pipa, uma casca de banana e basicamente de tudo que existe.

— Eu percebi que era imaginário ano passado — prosseguiu O Tudo. — Foi quando estavam me culpando de ter raspado o pelo do gato da família. Meu melhor amigo pôs a culpa em mim, o que não tinha problema por mim, porque não podiam me colocar de castigo. Mas então os pais dele ficaram furiosos e disseram que não era minha culpa que o Fofuxo estava pelado, porque eu era imaginário, e coisas imaginárias não podem raspar o pelo dos gatos.

— E como você se sentiu com relação a isso? — perguntou a Meia Fedorenta.

— Mal — disse O Tudo. — E triste. Como se eu não estivesse no controle do meu próprio destino. Não é como se eu *quisesse* raspar o pelo dos gatos. Mas eu gostaria de ter a opção de fazer isso, sabe?

Todos assentiram em compreensão. Havia outros imaginários no encontro: um pássaro laranja e gordo, com cabeça de hipopótamo, um monstro peludo e roxo, com asas bem pequenininhas nas costas. Também havia uma figura sombria que se escondia nos cantos, além do Superlamentável e, para minha alegria, a Vaqueira Patinadora.

— Então nos encontramos de novo, parceiro — disse a Vaqueira, sorrindo. — Vejo que você finalmente deslizou para o círculo da verdade, sem precisar de desfibrilador.

A Vaqueira se virou para o grupo:

— Meu nome é Vaqueira Patinadora, e eu sou imaginária desde que me entendo por gente. Acho que ultimamente eu tenho pensado muito, bem... no fim.

Um murmúrio atravessou o grupo.

— Ela está crescendo — seguiu a Vaqueira —, a garota que vive comigo. Nós fingíamos andar de patins ao redor do mundo juntas. E nós éramos boas também. Patinávamos em campos de flores amarelas e colhíamos buquês sem precisar parar. Subíamos patinando vulcões e descíamos ao fundo do oceano, percorrendo quilômetros de desfiladeiros e florestas de algas, e patinávamos de volta à superfície nas costas de baleias. Mas, então, as coisas mudaram. Nós começamos a patinar cada vez menos e, ultimamente, não andamos mais. Ontem a mãe dela separava um monte de brinquedos para doação e disse: "Querida, você precisa desses patins? Eles já estão enferrujando." E a minha *parceirinha* disse: "Não, eu já estou grande demais para andar de patins." Ela jogou os patins fora! E, *puf*, simples assim, nossa viagem ao redor do mundo terminou.

Capítulo vinte e cinco
A LUZ DO LUAR

— Alguns de vocês já devem ter notado — disse a Meia Fedorenta — que nós temos um novo membro em nosso grupo. Ele se chama Jacques Papier. Jacques, você gostaria de dizer por que está aqui?

— Bom — comecei. — Eu não estou aqui de verdade. É por isso que estou... aqui.

— Uau! — exclamou O Tudo. — Profundo.

— Eu acho que o problema é — continuei — que eu tenho me perguntado qual o sentido de eu existir, se é que existe algum. Quero dizer, eu vivi oito anos de vida inteiros pensando que era uma pessoa de verdade. E, depois, eu soube a verdade. E agora, quando penso nisso, percebo que não quero ser o irmão imaginário de alguém. Eu acho que quero ser real.

O Tudo estendeu a mão e me deu umas tapinhas nas costas.

— Só porque você não é "real", não quer dizer que você não

seja *real*. — O Tudo apontou para o peito gigantesco, onde ficaria um coração se ele tivesse um. No caso dele, ele apontava para uma caixa de leite velha.

— Eu acho que é como a terra e a lua — expliquei. — A luz do luar é uma ilusão. Ela é na verdade um reflexo da luz do sol, emitida de volta como um espelho. Nós somos como a lua, e, sem as pessoas que nos imaginam, é tudo escuro. É isso que vocês querem? Porque eu não. Eu quero mais. Eu quero liberdade.

Capítulo vinte e seis
BICHO-PAPÃO

Depois do encontro, fiquei sozinho comendo um biscoito seco e tomando um copo de suco de uva, tentando digerir o que tinha ouvido e, talvez mais do que isso, o que eu mesmo tinha dito. Eu me perdi tanto nos meus pensamentos que mal notei quando uma nuvem negra passou por cima e me envolveu em sombras.

— Saudações — disse uma voz que soava como uma bicicleta enferrujada.

Olhei para cima. Tentei engolir meu biscoito, mas minha garganta tinha secado terrivelmente. Eu tossi, e migalhas caíram por toda a figura sombria na minha frente. Ele as limpou com um leve ar de desdém.

— Eu sou o Bicho-Papão — disse ele. A voz de bicicleta enferrujada, notei, também tinha sotaque britânico.

O Bicho-Papão era difícil de descrever. Não porque me falte o vocabulário, mas porque ele não era uma coisa só.

O corpo na verdade entrava e saía de foco, como se fosse feito de fumaça: num minuto tinha verrugas como maçãs selvagens podres, e depois, se transformava e exibia aranhas que rastejavam para fora das suas orelhas. Era como se os pelos do nariz dele fossem feitos de lesmas, gosma e caracóis, mas então ele mudava de novo, e apresentava olhos uivantes, dentes de bico de corvo e uma barba de nuvens carregadas de trovões.

— O que você é? — perguntei. — Você é, de verdade, o amigo imaginário de alguém? — Eu achava difícil de acreditar que qualquer pessoa o imaginaria de propósito. Comparado a esse cara, François, o cachorro salsichinha perverso, era tão intimidante quanto uma tigela de sopa fria.

— Ah, você me conhece — disse o Bicho-Papão, aproximando o rosto um pouco perto demais do meu. — Eu sou o Monstro do Armário. Alguns me chamam de o Bicho Embaixo da Cama. Outras vezes, eu me torno Aquela Coisa que Faz o Chão Ranger. Eu não sou um súdito ruim de Sua Majestade, honestamente. Apenas sou imaginado dessa maneira.

— Você disse súdito? — perguntei.

— Bem — disse ele, um pouco nervoso. — Qual é o problema? De súbito, a voz dele começava a soar diferente.

— Você está *fingindo* ser britânico? — perguntei.

— Quiçá — respondeu o Bicho-Papão. — Pensei que assustasse mais assim.

— Eu acho que é meio assustador — falei. — É assustador o quão ruim é essa imitação.

O Bicho-Papão e eu nos levantamos e nos encaramos em silêncio por um momento.

— Ah, olha que horas são — falei. — Bem, foi uma conversa adorável, mas eu tenho que ir, deixei um bolo no forno lá em casa...

O Bicho-Papão estendeu um pé sombrio na minha frente para me parar.

— Nesta assembleia de hoje, soou como se você estivesse em busca de algo — disse ele. — Uma coisa que os ternos e ingênuos membros do grupo simplesmente não podem oferecer.

— E você pode? — perguntei.

— Eu posso — disse ele, dando batidinhas no meu nariz, o que me deu um frio na espinha. — Eu sei como me libertar. Eu sei me tornar real. Eu poderia contar para você, mas isso tem um preço.

— Eu não tenho dinheiro, na verdade — expliquei. — Ou uma mesada, ou um emprego...

— E aquilo ali? — perguntou, apontando para meu bolso.

Eu pus a mão dentro do bolso e tirei a bússola que Maurice, o Magnífico, tinha dado a Fleur.

Já que estava quebrada de qualquer jeito, dei para ele a bússola inútil.

Claro, pensei. Tanto faz, seu maluco, só me conta logo antes que eu morra de pavor.

E foi isso que o Bicho-Papão fez. Ele se inclinou e sussurrou seus segredos cobertos de teias de aranha no meu ouvido.

Capítulo vinte e sete
UM MAPA DE MIM

De noite, quando Fleur finalmente me achou, eu estava no chão do nosso quarto, com um monte de giz de cera no colo, como granulados coloridos gigantes em um sundae de Jacques Papier.

— O que você tá desenhando? — perguntou ela.

Estendido no chão estava o Mapa de Nós, que eu e ela vínhamos construindo. Mas eu tinha, no entanto, acrescentado uma ilha na costa. Não era muito grande, mas não era muito pequena, e tinha certa aura de brilhantismo.

— Eu decidi — falei — que preciso da minha própria ilha. Uma Ilha de Eu, se é que se pode dizer. Uma Ilha de Mim.

— Mas não tem nada nela — disse Fleur.

Nisso, ela tinha razão.

— Bom, eu não sei o que tem nela ainda — expliquei. — Posso desenhar umas sombras, mas nada específico. Essa é a melhor parte da minha ilha. Tudo é possível aqui. Ora essa, talvez até existam Dragões Arenques por aqui. Talvez até exista poeira cósmica, vaca-preta de nuvem e bolo de carne para a gente comer.

— Como você vai chegar lá? — perguntou Fleur. — É difícil chegar a uma ilha. Você precisa de um barco, ou de um avião, ou de um submarino.

— Existe um jeito — falei. — O Bicho-Papão me contou como me libertar.

Fleur fez um beiço.

— Eu nem sei quem é esse — disse ela. — E como é que você não é livre?

Essa era, eu sabia, uma questão muito filosófica, sobre a qual eu tinha pensado com cuidado por muito tempo.

— Imagine dessa forma — falei. — Se eu sou um gênio da lâmpada, então você é a lâmpada. Eu sou a craca da sua baleia, o personagem do seu livro, as marés ditadas pela sua lua. Eu sou sua marionete. Eu não sou nada além de parte de uma exposição no Museu da Imaginação da Fleur.

— Bem, eu não penso em você dessa maneira — disse Fleur.

— Eu sei — falei. — Porque você é a melhor irmã de todas. Mas eu não sou o melhor irmão. Sou só uma parte de você. E tudo que sei é que vejo pessoas em filmes ou no supermercado e penso em como cada uma dessas pessoas tem as próprias histórias que giram em torno delas, cheias dos próprios sonhos e esperanças e medos e alergias e fobias esquisitas. Eu não tenho nada disso.

— Ah — disse Fleur. — Você quer que eu te imagine de algum outro jeito?

— Na verdade — falei docemente —, o Bicho-Papão me deu essas tesouras e eu quero que você corte minhas amarras. Eu quero que você me liberte.

— Mas como? — perguntou ela.

E, então, eu compartilhei o segredo do Bicho-Papão com a Fleur.

Capítulo vinte e oito
UMA LISTA DE COISAS QUE EU, JACQUES PAPIER, PLANEJAVA FAZER COM MINHA LIBERDADE

Logo eu iria navegar os mares como um pirata, com meu navio, que era uma tartaruga marinha com velas, e minha tripulação composta de peixes-espadas e outras variedades de marlins.

Eu iria entrar para o circo e comer algodão doce em todas as refeições. Eu ensinaria o leão a pular por um aro de fogo e, então, iria pular no aro eu mesmo, chamuscando minhas sardas.

Eu iria aprender grego e latim e pelo menos mais três idiomas que eu mesmo inventaria.

Eu iria voar ao redor do mundo e construir castelos de neve com luzes automáticas dentro, que acenderiam de noite e guiariam todo mundo para casa.

Eu iria me tornar um famoso confeiteiro, especialista em tortas de lama, rosquinhas de dente-de-leão e bolos decorados com musgo.

Eu iria ver as pessoas mesmo quando elas estivessem invisíveis.

Eu iria caminhar pelo mundo todo.

E meu cabelo iria crescer bastante.

E pássaros iriam fazer ninhos na minha barba.

E eu iria ter cicatrizes.

E rugas iriam se formar em torno dos meus olhos de tanto sorrir.

Eu comemoraria aniversários.

E envelheceria.

E celebraria as estações.

Eu finalmente estaria vivo com um V maiúsculo.

Capítulo vinte e nove
A ESCAPADA DO VAQUEIRO

Quando eu achei a Vaqueira, ela estava apenas de meias, perto do parque. Ela estava ajoelhada, fazia barulhos de motor com a boca e acelerava um patim em cada mão na calçada, como carros de brinquedo, e, então, empurrava um contra o outro em uma triste e torta corrida.

— Êêê... — disse ela com zero entusiasmo. — Calma aí.

— Ei, onde está sua garota? — perguntei.

— Ah — disse a Vaqueira, corando, mas dando de ombros. — Ela tinha uma festa-do-pijama-das-crianças-legais-com-verdade-ou-consequência. Eu fiquei aqui mesmo. Não tem nada demais.

— De qualquer forma — falei em resposta —, deixa eu te contar o que está acontecendo comigo. Eu tenho examinado minha consciência com muito cuidado, pensando em coisas como *Quem é Jacques Papier? O que é Jacques Papier? O que Jac-*

ques Papier quer? De que Jacques Papier precisa? O que vai fazer Jacques Papier feliz?

— Uau — disse a Vaqueira.

— Eu sei — respondi. — Questões profundas, né?

— Eu quis dizer "Uau, tem um monte de *Jacques Papier* nessas perguntas" — respondeu ela.

— Certo — respondi. — Bem, tomei uma decisão. Eu vou embora para descobrir as respostas a essas perguntas.

— Espera — disse a Vaqueira —, antes de você sair batendo suas esporas por aí, parceiro, tem algo importante que você precisa saber.

— Silêncio! — falei com energia, erguendo minha mão para ela. — Não quero ouvir nenhum dos seus motivos para ficar. Só vim aqui me despedir. Você me contou a verdade quando ninguém mais queria me contar.

— Espera aí... Só um minutinho... — disse a Vaqueira.

Mas as palavras dela não me alcançaram. Como uma bola de feno rolando pela cidade, eu já tinha ido embora.

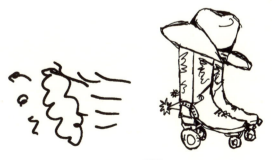

Capítulo trinta
COISAS PEQUENINAS

Depois de muito pensar sobre o segredo do Bicho-Papão, Fleur veio e me encontrou enquanto eu lia um livro sob a luz da varanda. Consegui ver no rosto dela que ela já tinha quase se decidido.

— Se eu fizer isso — perguntou ela —, o que vai acontecer? Você vai desaparecer ou ficar diferente? Ou alguma coisa pior?

— Eu não tenho certeza — falei.

Era verdade. Eu gostava das palavras *liberdade* e *realidade*, mas elas não contavam exatamente a história do que iria acontecer.

— Talvez — falei — eu possa fazer o que eu quiser quando eu quiser, que nem você.

— Eu não faço tudo o que eu quero — disse Fleur. — Que nem agora. Eu não quero que as coisas mudem. Mas elas mudaram. Elas vão mudar. E se você se esquecer de mim? E se você nunca mais voltar?

— Isso não vai acontecer — falei. — Eu nunca vou me esquecer de você. Eu vou voltar.

Apontei para o peito dela.

— Você sabe o que tem aí dentro? Uma arvorezinha do tamanho de um galho, com um J e um F gravados na lateral.

— O que você quer dizer? — disse Fleur. — Eu tenho alguma doença?

Eu ri.

— Eu quero dizer metaforicamente. E também tem um beliche feito de palitos de fósforo e barbante. E um François do tamanho de uma pulga. E todos os nossos cafés da manhã com panquecas e marionetes e lugares para se esconder e segredos e roncos.

— Eu não ronco — disse Fleur.

Mesmo assim, ela sorriu. Ela sempre gostou de coisas pequenas e bonitinhas, como mobília de casas de bonecas ou casas de hamsters, ou pequenos favores quando ninguém estava olhando. Eu também gostava da ideia, apesar de não ter muita certeza de se era verdade. O Bicho-Papão não tinha me dito o que aconteceria depois; ele apenas me dissera como me libertar. A vida depois daquilo se parecia com uma porta trancada, que levava a uma parte do mapa que eu nunca tinha explorado.

— Estou pronto — falei para Fleur, apertando a mão dela e fechando os olhos.

Ela sorriu um sorriso triste.

E também fechou os olhos.

Depois, Fleur fez a pequenina e bonita coisa que era imaginar, com toda a sua vontade, que eu estava livre.

Capítulo trinta e um
NAVEGANDO PARA LONGE

Era uma vez um garoto que não existia de verdade. Ele vivia em uma casa em que tudo era possível, e cada canto era uma descoberta. Uma cerca viva era um castelo. Um graveto era uma espada. Sementes de dente-de-leão eram a poeira necessária para fazer mágica.

Era uma vez um garoto, e ele tinha uma irmã, e eles eram melhores amigos. Eles criavam infinitos mapas juntos: ele era o capitão da floresta, e ela, a marinheira. Eles inventavam músicas sobre pássaros que voavam de trás para a frente, sobre bilhetes perdidos em garrafas, sobre lagartas torcendo para se tornar borboletas. Na luz brilhante do fim do verão, eles gravaram suas iniciais, um J e um F, na lateral de uma árvore. Eles juntavam mágica em suas mãozinhas, e voltavam para casa aos tropeços a cada noite e caíam no sono com grama ainda no cabelo.

O garoto desejava ser algo diferente, mas o quê, ele não sabia. Talvez um pirata, um palhaço, um mágico. Ele queria que a liberdade o moldasse na forma que ele deveria ter.

Era uma vez um garoto que não existia de verdade. Exceto que ele existia, para uma pessoa: uma garotinha. E, quando ele partiu para ser livre, foi apenas porque a garota permitiu. O garoto prometeu nunca a esquecer: não porque ele fosse particularmente teimoso, ou tivesse tendências a sentir culpa. Ele sabia que era simplesmente impossível. Mesmo que viessem vários invernos e as luzes escurecessem a ponto de ele se esquecer de tudo, ele ainda se lembraria. Mesmo quando as folhas escurecessem sob a neve e quando as iniciais na árvore começassem a sumir ao longo dos anos. Até mesmo quando essas iniciais fossem quase invisíveis, e quando alguém cortasse a árvore e a transformasse em um barco, ele ainda se lembraria.

Era uma vez um garoto que navegou para longe, inseguro sobre qual futuro essas águas escuras e desconhecidas guardavam.

Capítulo trinta e dois
ESCURIDÃO

Quando eu abri meus olhos, tudo estava escuro.

Uma coisa imaginária pode morrer? Eu me perguntei.

Será que estou em coma?

Ou é essa a sensação de ser real?

No início, no escuro, pensei ter ouvido a voz de Fleur chamando meu nome, mas ela soava distante, longe como um eco, e o som sumiu até eu não ouvir mais nada. Fechei os olhos e depois os abri, mas o escuro era o mesmo. Horas se passaram. Pelo menos acho que passaram; eu não tinha como saber. Talvez fossem dias. Ou semanas. Ou meses. Até onde sabia, eu tinha vivido uma vida inteira ali na escuridão mais escura.

E a pior parte é que não tinha nada para fazer além de pensar. E me lembrar.

Pensei na nossa casa. É algo engraçado, uma casa, o jeito que você memoriza o rangido de cada tábua, cada camada de tinta sobre as paredes que você encheu de desenhos, até que tudo se torna uma parte de você, sem que você note. Eu tinha certeza de que, até na escuridão mais escura, se eu estivesse em casa, eu ainda conseguiria achar cada um dos interruptores e acender as luzes de novo.

Pensei no François. Pensei no seu rosnado e nas mordidas e em quão macias suas orelhas caídas eram enquanto ele roncava e eu me aproximava de mansinho para fazer carinho rapidamente. O que é esse poder dos bichos de estimação? Até os piores de todos invadem seu coração, como uma larva, se enroscam em um travesseiro em um canto quente em que bate a luz do sol, e nunca mais saem.

Pensei no som que as coisas fazem de longe: o barulho do cortador de grama do Papai no verão, o tique-taque dos relógios, as panelas chiando, as colheres tilintando na cozinha. Eu me lembrei do som que as vozes dos meus pais faziam ao atravessar as tábuas do piso, como uma estação de rádio com sinal meio fraco. Eu conseguia diferenciar uma alegria ou preocupação pelo tom de cada um. Eu pensava que o som criava um campo de força em torno da casa, e isso sempre me fazia sentir seguro.

E, mais do que tudo, eu me lembro da luz. Eu via a luz do luar no nosso quarto, os formatos da mobília de dormir e os bonecos de sombras que nós fazíamos na parede. Eu via o brilho âmbar das tardes de outono depois da escola. Eu via as cortinas da minha mãe, e como a sombra dela parecia um labirinto, ou um quebra-cabeças a resolver. Eu via a luz nos olhos de Fleur, da cor de um lago, com tons de azul e verde; era um desses lugares de onde um peixe saltaria para fora a qualquer momento. Você já notou como os olhos de uma pessoa ficam mais iluminados quando eles falam de algo que amam? Os olhos de Fleur se acendiam assim quando ela contava a alguém sobre mim.

Pensei em luz.

E senti falta dela.

E desejei luz.

Até que finalmente, um dia, ela voltou.

Capítulo trinta e três
LIBERDADE?

Finalmente, pensei, assim é ser livre! O sol batia no meu rosto, o vento soprava meu cabelo. (Exceto que não parecia muito com liberdade porque eu, tecnicamente, estava amarrado com uma corda pesada em torno de uma árvore grande.)

— Ahn, olá? — falei.

— Eu disse que você podia falar? — perguntou uma voz furiosa.

Isso, pensei no meu delírio, era um bom sinal: alguém conseguia me ouvir! A única outra pessoa real que tinha me ouvido era a Fleur. Portanto, racionalizei, eu agora devo ser real para todas as pessoas.

De trás da árvore, saiu um garoto, mais ou menos da minha idade, com um pedaço de madeira, que ele erguia como uma espada.

— Eu sou o herói — disse ele. — E você é meu prisioneiro.

— Ora, bom dia para você também — respondi. — Eu poderia perguntar como eu cheguei até aqui?

— Provavelmente como clandestino num navio depois de roubar um tesouro.

— Não — falei. — Não quero dizer como meu personagem chegou até aqui no seu joguinho de faz de conta. Quero dizer, como eu, Jacques Papier, cheguei aqui na vida real de fato?

— Ei — disse ele, a voz agora a de um garoto de 8 anos de idade levemente irritado. — Você só fala se eu quiser que você fale. Eu imaginei você.

E, então, ele me atingiu com uma pancada mais dolorosa do que qualquer uma que viesse de uma espada de madeira.

— Você — disse ele — é meu novo amigo imaginário.

Capítulo trinta e quatro
OS PISTOLEIROS DO DOCE

E, então, parecia, havia acontecido um erro grave: Fleur tinha me libertado só para alguma outra pessoa me imaginar. E essa outra pessoa, constatou-se, era um indivíduo particularmente transtornado chamado Pierre.

Na segunda-feira, Pierre decidiu que nós éramos ladrões de banco. Antes disso, ele me imaginou como seu cavalo, mas reclamei tanto depois de mudar de forma, que ele se comprometeu e permitiu que eu fosse um fora da lei como ele, completo, com botas de couro de cobra e bandanas sobre o rosto. O único problema era que, quando fomos roubar o banco, a caixa achou que Pierre era "a criancinha mais gracinha do mundo" (palavras dela, não minhas) e deu um pirulito a ele. Pierre se aproximou, pegou o pote inteiro de doces do balcão e saiu correndo do

banco, berrando e assobiando, dando tiros no ar com a mão em forma de arma.

Apesar do nosso "grande roubo", eu duvido muito que os Pistoleiros do Doce vão aparecer no noticiário.

Na terça-feira, Pierre disse que éramos pilotos e nos imaginou vestidos com uniformes e capacetes bregas que combinavam. Então, ele decidiu que nosso avião caía rápido, e tínhamos que ejetar os assentos. O problema era que nosso avião era uma árvore, e Pierre, o Gênio, se esqueceu de imaginar que tínhamos paraquedas, então, agora temos os mesmos curativos na cabeça.

Na quarta-feira, Pierre decidiu que éramos guardas de zoológico. Perseguimos um tigre foragido por mais ou menos metade do dia, mas ele era só um gato vira-lata irrequieto da vizinhança. E, vou te contar, a arminha de água do Pierre teve um resultado oposto do que um tranquilizador teria naquela fera selvagem. Claro que Pierre desviou dos golpes felinos, mas meu amigo do coração imaginou que eu não teria a mesma sorte. Meu corpo inteiro agora estava coberto de arranhões, tirando a parte que já estava coberta de curativos.

Talvez amanhã Pierre me imagine como alguém que morre de raiva (a doença, apesar de o sentimento também fazer sentido).

Na quinta-feira, brincamos de livro de histórias, e (*é claro*) Pierre era o príncipe valente. E o que eu era?, você poderia perguntar. O dragão? O cavaleiro? Talvez um adorável bobo da corte, com zero probabilidade de ser aleijado ou ferido? Não. Pierre me imaginou como a donzela em perigo. Eu! Uma donzela! E ele não poderia me imaginar como uma princesa ousada, brilhante e mestre em várias artes marciais. Nãããão. Ele tinha que ridicularizar minha força feminina e todas as outras coisas. Bom, meu vestido até podia ser cheio de babados e de joias em formato de coração, e meu cabelo até podia ser impossivelmente longo, mas eu não era nenhuma donzela em perigo. Eu estava tramando um plano. Além disso, fui salvo pelo gongo, pois a mãe do Pierre o chamou para jantar antes que chegássemos à parte em que eu era acordado com o beijo do verdadeiro e fedorento amor. Vamos apenas dizer que o "príncipe Pierre" precisa de uma majestosa lição em higiene bucal.

Como você pode imaginar, na sexta-feira, eu não aguentava mais. Enquanto o Pierre dormia, juntei minha coroa e anáguas de renda e tomei meu rumo noite adentro.

Capítulo trinta e cinco
EU ME DEMITO!

— *O que temos aqui?* — disse a Meia Fedorenta, lançando uma piscadela para mim assim que entrei no Imaginários Anônimos.

— Tem um lugar livre aqui do meu lado, princesa — gritou o Superlamentável.

— Eu não sou uma princesa! — gritei, afundando na cadeira e arrumando meu vestido. — Eu sou uma *donzela em perigo*.

— *Jacques?* — perguntou a Meia Fedorenta, com o queixo de sua boca de lã caído. — É você?!

— Sim, é claro que sou eu — falei, enterrando o rosto nas minhas mãos. — *E eu* me demito! Posso fazer isso? — perguntei, erguendo a cabeça. — Você pode se demitir de um emprego imaginário?

— Bem — disse o Superlamentável —, você provavelmente pode se conseguir aprovação, mas você vai ter que preencher uma papelada.

— Sério — continuei —, piadinhas à parte, vocês têm que me ajudar. Ninguém me disse que liberdade significava ser imaginado por uma nova criança. E para piorar a situação, eu tenho noventa e nove por cento de certeza de que esse garoto Pierre é a pessoa mais procurada de toda a lista de *Mais procurados da América*.

— Bem, o que você pôs no seu formulário? — perguntou o Superlamentável. — Você deve ter escrito algo maluco para ter acabado com alguém tão doido.

— Formulário? — falei. — Que formulário?

— O formulário de colocação — continuou ele. — No Escritório de Transferência.

— QUE ESCRITÓRIO DE TRANSFERÊNCIA?! — gritei.

O Tudo olhou para os outros imaginários em torno dele e apontou para mim, sorrindo seu sorriso de peça de xadrez e lata de refrigerante.

— É como se ele fosse de outro planeta. — Ele brincou. — Oh, desculpe — acrescentou. — Quis dizer *ela*.

— Todo mundo sabe que se você é libertado, você tem que ser transferido — explicou a Meia Fedorenta. — Se não, você vai ficar preso em um limbo escuro, e, então, fica à mercê dos caprichos de qualquer um que te imagine como qualquer coisa imaginável, uma espécie de massinha de modelar da imaginação. Como um pedaço de papel dobrado em qualquer tipo de origami. Como aço forjado pelas mãos do Grande Imaginador. Como...

— Ok, ok — falei. — Escreve um poema épico no seu tempo livre. E que fique registrado, pessoal, toda essa informação teria sido muito útil *antes* de eu convencer a Fleur a me libertar.

Eu me levantei, arrumando minhas anáguas com o máximo de dignidade que consegui juntar.

— Agora, onde fica esse escritório? — perguntei, abanando meus cachos dourados. — Meus pés estão me matando, e eu preciso tirar esses saltos o quanto antes.

Capítulo trinta e seis
O FORMULÁRIO DE TRANSFERÊNCIA

DADOS PESSOAIS
Sobrenome: Papier Nome: Jacques
Endereço (anterior): a cama de cima do beliche
Membros familiares (anteriores): Mamãe, Papai, Fleur e (ugh!) François, o perverso cachorro salsichinha
Você já foi transferido pelo Escritório de Transferência em momentos passados? (S/N): nunquinha
Você é legalmente qualificado para ocupações imaginárias? ~~Talvez? Mais ou menos?~~ Sim

DADOS GERAIS
Dias disponíveis:

☐ Segunda-feira ☐ Quinta-feira ☐ Domingo
☐ Terça-feira ☐ Sexta-feira ☐ Diversão-feira
☐ Quarta-feira ☐ Sábado

Categoria empregatícia:

☐ Amigo imaginário em tempo integral

☐ Arqui-inimigo imaginário em tempo integral

HABILIDADES ESPECÍFICAS (marque todas as aplicáveis)

☐ Voo
☐ Sapateado
☐ Fazer tortas
☐ Leitura de mentes
☐ Escalar árvores
☐ Alcançar prateleiras altas
☐ Modelar nuvens
☐ Adivinhar presentes embrulhados
☐ Comer torta
☐ Modos impecáveis
☐ Pirataria (alto-mar)
☐ Andar de monociclo
☐ Evaporação
☐ Fazer eco
☐ Brilhar no escuro
☐ Habilidade de desenvolver braços extras
☐ Andar de patins
☐ Ouvir conchas
☐ Liquefação
☐ Cuspir fogo
☐ Superforça
☐ Dever de casa de matemática
☐ Karaokê
☐ Microsoft Word

UMA ÚLTIMA PERGUNTA

Existe alguma outra informação que você gostaria que considerássemos?

_____
_____
_____

Capítulo trinta e sete
O ESCRITÓRIO DE TRANSFERÊNCIA

— Eu não tenho habilidade nenhuma! — gritei, atirando meu formulário em um surto de irritação.

A funcionária de transferência atrás do balcão me lançou um olhar de nojo e depois fez umas anotações em uma prancheta que tinha em mãos.

— Ansiedade, grosseria e baixa autoestima — disse ela, entre dentes, enquanto anotava.

A funcionária usava óculos presos por uma cordinha que ficava se enrolando nos seus braços, mas ela, ainda assim, parecia conseguir terminar muito trabalho. Isso provavelmente se devia ao fato de que ela tinha sido imaginada não com dois, mas com oito braços como tentáculos, que constantemente se mexiam e escreviam em todas as direções. Isso era bom, pois o escritório estava lotado até o teto com arquivos e papéis. Ou talvez só parecesse ser assim porque o cômodo era muito pequeno. O Escritório de Transferência estava sempre se mudando, fui informado, e no momento estava localizado em uma grande caixa de papelão em um jardim cheio de brinquedos.

— Às vezes as crianças imaginam que é uma nave espacial — explicou a funcionária de redesignação. — Outras vezes, que é uma casa de chocolate, caverna de dragões, uma fábrica de tortas de lama, uma escola para monstros, uma locomotiva descarrilhada... — continuou. — É lotado de imaginação em cada fibra este tipo de lugar.

— Seria possível — perguntei à funcionária — que eu só voltasse para a Fleur, a garota que me imaginou originalmente? Ela me libertou, mas só porque pedi. Ela ficaria emocionada de me ter de volta.

— *Emocionada*, claro que sim — disse a funcionária, com algo que senti ser sarcasmo. — Mas não. Eu estou validando sua papelada no sistema agora.

— Mas... — comecei a dizer. — Eu não cheguei a responder aquela parte do final...

Tarde demais. Uma máquina que parecia ter sido feita de rolos velhos de papel higiênico bipou enquanto engolia minha papelada. Depois de um momento de consideração, ela cuspiu um cartão.

— Muito bem — disse ela. — Assim que você sair desse escritório por aquela porta — ela apontou uma dobra de papelão que parecia uma portinha para cachorros —, você vai chegar ao seu novo destino. Obrigada por escolher essa filial do Escritório Imaginário de Transferência e tenha um ótimo e inexistente dia.

Enquanto eu me ajoelhava para rastejar pela porta rumo à minha nova casa, pensei sobre a última conversa que tinha tido com a Meia Fedorenta antes de deixar os Imaginários Anônimos.

— Foi horrível — contei a ele. — Mudar de forma de novo e de novo com Pierre. Aquilo deixava perfeitamente claro o quão completamente irreal eu sou.

— Ah, formas. — A Meia Fedorenta deu de ombros o melhor que ela podia, pois não tinha ombros. — Até crianças mudam de forma eventualmente, ficam maiores, mais velhas, mais manchadas, mais enrugadas e curvadas quando envelhecem, como uma flor murchando. Eu não me preocuparia muito com isso. Passe menos tempo pensando nisso e mais tempo pensando no que está *dentro* das formas.

A Meia Fedorenta apontou para meu peito, onde meu coração estaria se eu tivesse um.

— Por quê? O que você acha que tem aí? — perguntei.

— Eu não sei — respondeu minha amiga. — Mas você não acha que já passa da hora de descobrir?

Capítulo trinta e oito
A COISA QUE EU MAIS ODEIO

O que estava dentro de mim, descobri depois de rastejar pela portinha de cachorro, foi a coisa que eu mais odeio.

Permita-me explicar.

Depois de sair do Escritório de Transferência, surgi dentro de uma jaula. Assim que entrei, a porta pela qual eu tinha passado despareceu e me enjaulou em uma espécie de prisão.

— O que as outras pessoas estão escrevendo nos seus formulários? — gritei. — Tem algum manual que eu possa ler?

Eu decidi respirar em vez de entrar em pânico e fazer um balanço da situação.

1. Eu conseguia sentir mais ou menos um zilhão de cheiros diferentes.

2. Minha audição parecia ter melhorado imensamente, como se o mundo estivesse em áudio estéreo de alta definição. Observei um pequeno besouro caminhar até a borda da cela e eu conseguia de fato ouvir seus passos.

3. Eu devia ter me transformado em um super-herói.
4. Ou outra donzela em apuros, aprisionada em uma torre...
5. Eu sentia muita coceira. Era coceira como se, depois de brincar na rua durante uma noite de verão, eu tivesse sido coberto de mordidas de mosquitos.
6. Eu era ou um super-herói ou uma princesa com brotoejas.
7. Tinha muitos cachorros nessa prisão.
8. Era possível ser imaginado por um cachorro?
9. E cachorros sequer têm imaginação?
10. Opa, pessoas se aproximando...

O grupo era formado por um homem em um uniforme manchado, um casal e uma garota de rabo de cavalo, com um vestido branco muito bonito. Ela ia saltitando pelo corredor e espiando de jaula a jaula. Parecia uma mariposa em uma fábrica de lâmpadas. Parecia um sapo em uma festa exclusiva para moscas.

— E esse aqui é tão PINTADO! — gritou ela. — E aquele é tão grande! E olha essas orelhas! E o rabo abanando. Você acha que aquele ali é macio? E olha para a CARINHA COISAMAILINDA FOFINHA daquele! Ahhhhhhh!!

— Eu disse que era uma má ideia — disse a esposa para o marido. — Ela não é responsável o suficiente para ter um cachorro. — E, então, ela disse um pouco mais alto: — Merla, meu anjo, não se esqueça de que nós estamos só visitando.

— EU QUERO TODOS ELEEEEEEEEEEEEES — gritou a garota em resposta, chispando de cima para baixo pelo corredor de jaulas, como uma abelha em um jardim botânico.

Merla parou do lado de fora da minha cela e, para minha surpresa, apontou diretamente para mim.

— Aquele — disse ela em tom reverente — é o cachorro que eu quero.

— Quem é que você está chamando de cachorro, garota? — perguntei.

— ÊÊÊÊêêêêêêêêêêÊÊÊÊêêêêêêêê!! — gritou Merla. — Ele FALA!

— Ah. Ah, cara. Ah, meu Deus — falei, enquanto a realidade quebrava minha cara (ou, devo dizer, focinho).

— Eu sou um *cachorro* agora, não sou?

Os pais da garota se juntaram a ela do lado de fora da minha cela. Olharam um para o outro, e depois para Merla, e, então, para mim. Bom, meio que para mim. Eles estavam olhando o fundo da gaiola na verdade.

— É claro — disse o pai da Merla em uma voz falsamente

grandiosa. — Você pode ter quantos cachorros quiser dessa gaiola, minha flor.

— Só tem um — respondeu Merla. — Um cachorro perfeito. Me dá, me dá, me dá!

Naquele momento, os pais olharam para o desleixado guarda do canil. *Bem*, o olhar deles dizia, *dê o cachorro invisível para a garota*.

O guarda do canil, claramente em dúvida sobre o que fazer, fez uma série de engodos ao abrir minha gaiola. Esticou os braços como se para me apresentar, e, depois, disse em uma voz robótica:

— Veja. É um cachorro. Você pode levá-lo agora.

E, assim, Merla correu para dentro da cela, me recolheu em seus braços e me apertou tão forte que, ah, que vergonha de admitir!, bem, eu fiz xixi imaginário bem ali no vestido branco e muito bonito dela.

Capítulo trinta e nove
MERLA + CACHORRO PRA 100PRE

Uma vez que chegamos ao quarto da Merla, notei que ela podia ter uma minipequenazinha obsessão com cachorros. Tinha tigelas de comida e de água, brinquedos de morder, pôsteres, biscoitos para cachorro, uma cama de cachorros enfeitada com babados e até mesmo um álbum de recortes com as palavras MERLA + CACHORRO PRA 100PRE impressas dentro de um coração na capa.

— Um pouco vago, você não acha? — Peguei uma canetinha hidrográfica, risquei ~~CACHORRO~~ e, ao lado da palavra, escrevi: JACQUES PAPIER, CÃO TEMPORÁRIO.

— Ai. Meu. Deus. — exclamou Merla, pasma. — Você sabe escrever também?

— Claro que eu sei escrever — falei, estufando o peito. — O professor talvez fosse incapaz de me ver, mas, na minha opinião, eu era o melhor aluno da minha turma em ortografia e *também* em caligrafia.

— Um cachorro que sabe caligrafia — disse Merla, balançando a cabeça. — Eu ganhei na loteria mesmo.

Comecei a fuçar a área, fazendo um balanço dos meus novos pertences.

— Aquilo ali — falei, apontando para um osso — não vai funcionar para mim. Eu como o que você comer. Também aprecio música clássica, além de banhos quentes e borbulhantes de banheira. Aliás, por algum motivo, acho que eu gostaria muito se você coçasse atrás da minha orelha.

Merla se inclinou e coçou exatamente no lugar certo. Nada mal.

— Algo mais? — perguntou.

— Sim — falei. — Eu gostaria de saber qual é minha aparência.

— Eu posso tirar uma foto com a câmera do papai — sugeriu ela.

— Isso não vai funcionar. Infelizmente, eles ainda estão para inventar um filme fotográfico ou espelho que retrate coisas imaginárias. Não, Merla, sua tolinha hiperativa — falei, empurrando uma caixa de giz de cera na direção dela. — Você vai ter que me desenhar.

— Que divertido! — falou. — Onde você quer posar?

Olhei em volta.

— Aqui — falei, me esticando na minha cama enfeitada para cachorros, como eu tinha visto em pinturas antigas de mulheres chiques em museus.

— E se certifique de pegar meu melhor ângulo — falei. — Quero dizer, se eu ainda tiver um.

Capítulo quarenta
UM RETRATO DE JACQUES PAPIER

Quando Merla, *l'artiste*, terminou seu desenho, ela o ergueu para admirá-lo e, então, virou a folha de papel para mim com um ar dramático. Eu me levantei da cama e me aproximei para inspecionar.

É uma coisa estranha, pensei, apenas poder se ver através dos olhos de outra pessoa. Minha negação com Fleur era tão grande que eu nunca tinha registrado o fato de que eu não aparecia em espelhos ou fotos. Mas eu finalmente tinha aceitado a realidade da minha situação.

— Merla — perguntei. — Você diria que você tem... muita experiência com essa forma de expressão artística?

— Giz de cera? —perguntou Merla. — Ah, claro. É só você olhar: metade das cores são praticamente toquinhos de tanto uso.

— Bem, então, você está passando por alguma fase meio Pablo Picasso? Essa é a sua fase cubista com bananas? Porque olhando para essas proporções... Quero dizer, odeio ser um crítico severo, mas as pernas estão muito curtas, e é quase como se minha barriga fosse encostar no... — parei. Encarei. Gaguejei. — Encostar no, ahn... no chão — terminei.

Meu coração batia feito um tambor. As batidas ecoavam as mesmas sílabas.

Fran-çois, Fran-çois, Fran-çois.
Eu sou, percebi, o que mais odeio.
Eu sou um cachorro salsichinha.

Capítulo quarenta e um
EMERGÊNCIA IMAGINÁRIA

Esperei até a Merla estar roncando para me soltar do aperto sufocante em volta do meu pescoço e me esgueirei até uma cabine telefônica. No caminho, passei por um aviso no chão, caído de um poste. PERDEU-SE: UM AMIGO IMAGINÁRIO. LIGAR PARA PIERRE.

Estremeci, mantive a cabeça baixa e continuei caminhando.

Quando cheguei à cabine telefônica, sentei nas minhas patas traseiras no banquinho dentro da cabine, pus a moeda na fenda e disquei o número do Escritório Imaginário de Transferência. Uma voz automática atendeu e começou a listar opções:

Você ligou para a linha de emergência vinte e quatro horas do Escritório de Transferência. Por favor, ouça cuidadosamente, pois nosso menu de opções mudou.

Tecle 1 se você foi imaginado como uma planta doméstica.

Tecle 2 se você foi imaginado como um personagem que é marca registrada e está preocupado com assuntos legais.

Tecle 3 se você foi imaginado como uma nuvem em um dia de vento.

Tecle 4 se você foi imaginado como um fantasma.

Tecle 5 se...

Apoiei a cabeça na cabine e fechei os olhos, ouvindo o que parecia ser uma lista infinita de emergências imaginárias.

Tecle 26 se você foi imaginado como comida e está prestes a ser devorado.

Tecle 55 se você foi imaginado como um boneco de areia e a água está subindo nos seus pés.

Tecle 99 se você foi imaginado como a coisa que você mais odeia.

— Finalmente! — gritei, pressionando a tecla nove duas vezes. Depois de dois toques, uma voz sonolenta atendeu.

— Olá, qual sua emergência imaginária?

— Eu fui imaginado como um cachorro salsichinha! — gritei ao telefone.

— Tudo bem, pode se acalmar — disse a recepcionista. — Eu só preciso pegar a tabela de admissões para emergências caninas. Pergunta número um: sua criança nova é abusiva?

— Não — respondi.

— Sua criança nova está forçando você a comer comida de cachorro?

— Não.

— Ela te força a buscar coisas quando você não quer buscar?

— Não.

— Sua criança nova está tentando montar em você como um cavalo?

— Não! Nada disso — falei. — A Merla é muito gentil, na verdade. Eu só particularmente odeio cachorros salsichinha.

— Ora, você deve ter preenchido alguma coisa no seu formulário para receber essa designação — disse a voz, que soava mais entediada a cada minuto.

— Escrevi que eu costumava viver com um perverso cachorro salsichinha chamado François — expliquei. — Mas isso claramente não era uma *preferência*.

— Ah — disse a especialista. — Deve ter sido isso. O sistema faz uma busca por palavras-chave. Ele provavelmente marcou essas palavras.

— Ah, *bom* — falei sarcasticamente. — Que sistema *maravilhoso*. Como é que uma máquina feita de imaginação e rolos de papel higiênico consegue funcionar tão *bem*. De qualquer forma — continuei —, ainda vou precisar de uma nova transferência.

— Na verdade, senhor, como isso não é uma emergência real,

você tem que esperar até segunda-feira. E, mesmo na segunda-feira, existe aproximadamente zero por cento de chance de que esse caso se qualifique para uma transferência. Tenha um excelente e imaginário final de semana. Adeusinho por agora.

Dá para acreditar? Ela desligou na minha cara. No meu momento de maior necessidade! Bem num momento de crise!

Eu me senti, ouso dizer, mais baixo do que um cachorro salsichinha.

Capítulo quarenta e dois
CARINHO NA BARRIGA E VAGALUMES

Refiz meu caminho de volta para a casa de Merla, tentando não uivar para a lua de tanta frustração. Passei por um balanço no caminho, e uma lembrança do dia em que conheci a Vaqueira no parque flutuou pela minha cabeça. Como eu tinha choramingado! E por quê, exatamente? Por ter uma irmã que me amava, pais queridos e a melhor vida possível? Que tolo eu fui.

Decidi me balançar um pouco, mas gastei toda minha energia só para apoiar minhas patas da frente no balanço instável e para me arrastar até o assento. Mesmo assim, simplesmente fiquei pendurado lá, com a barriga no banco, feito um sanduíche molengo abandonado na chuva.

Como subestimei balanços, pensei. Como subestimei um monte de outras coisas da minha antiga vida.

Durante os próximos dias, a única vantagem que encontrei em ser um cachorro, e pode acreditar que *não* fez a experiência valer a pena, era que eu podia fazer todas as coisas bagunceiras de que Fleur e eu sempre éramos proibidos. Rolei na grama, rolei em poças de lama e peguei vagalumes com a boca para descobrir qual era o gosto da luz (o gosto é de galinha). Além disso, eu estava mais próximo do chão, então, eu conseguia farejar o orvalho, participar de marchas de formigas e sentir o calor do sol que fica na terra.

Continuei vendo o lado positivo de ser o cachorro da Merla até o dia que em que entreouvi os pais dela na cozinha enquanto guardavam as compras do mercado.

— Você comprou o xampu antipulgas? — perguntou a mãe de Merla.

— Sim — disse o pai dela, suspirando. — Mas não parece um pouco de desperdício dar um banho para acabar com pulgas imaginárias de um cachorro imaginário?

— Na verdade — respondeu a mãe de Merla —, acho que ela tem mostrado muita responsabilidade. Se ela mantiver esse comportamento, acho que pode ser a hora de um cachorro *de verdade*.

Bom, um *cachorro de verdade* podem ter sido as palavras que eles disseram, claro. Mas o que eu ouvi, no lugar disso, foi *minha saída para fora dali*.

Capítulo quarenta e três
O CACHORRO ~~COMEU~~ FEZ MEU DEVER DE CASA

E, então, Responsabilidade se tornou meu nome do meio. Jacques R. Papier, cachorro salsichinha prodígio, a seu serviço. Tudo o que eu tinha a fazer era conseguir a colaboração de Merla, o que não foi difícil a partir do momento que eu disse que ela poderia sair daquilo tudo com um cachorro *real*.

— Você é capaz — falei. — Você tem a energia. Os brios. Você é como um brinquedo de corda humano! Eu até vou ajudar.

E, assim, dia após dia, eu esperava na janela até Merla voltar da escola, e nós começávamos a trabalhar.

— Eu dei banho no Jacques Papier, o cachorro salsichinha, hoje — disse Merla para seus pais durante o jantar. — Eu também sequei e penteei seu pelo, cortei as unhas, escovei seus dentes e fiz a sobrancelha dele com pinça.

— Uau — disse o pai dela, mordendo uma costeleta de porco. — Eu nem sabia que cachorros *tinham* sobrancelhas.

No dia seguinte, Merla encontrou sua mãe na sala de estar.

— Eu lavei todas as roupas — disse Merla, arrastando pelo chão um cesto de roupa quase do tamanho dela. — Eu lavei e pendurei tudo isso, e até lavei as roupas delicadas a mão.

— Bem... Obrigada, meu anjo — disse a mãe, a expressão no rosto sugerindo que uma segunda cabeça havia brotado na filha dela.

— E pai — acrescentou Merla, virando-se para o pai, que lia um livro. — Eu engraxei seus sapatos, levei o lixo para fora e desentupi as calhas aqui de casa.

— Isso é incrível — disse o pai, estupefato.

— Ah, e também — disse Merla enquanto saía do cômodo — troquei o óleo do seu carro.

Assim que chegamos ao corredor, Merla e eu fizemos um "toca aqui" (de levinho).

— Agora — falei —, vamos às tarefas da escola. Tem alguma coisa extra que você possa fazer? Você tem alguma leitura para o ano que vem?

E, adivinhe só, quando Merla entregou o dever de casa daquela semana, ela me contou que não tinha tirado dez, mas mil, com *três zeros*.

Tenho que admitir, eu me sentia muito bem. Até a professora estava admirada.

— Que melhora — disse a professora de Merla. — Eu me pergunto: o que mudou?

— Ah, essa é fácil — disse Merla. — Meu cachorro fez meu dever de casa.

Capítulo quarenta e quatro
O MELHOR CACHORRO DE TODOS

E então, um dia, um glorioso dia, o pai da Merla entrou em casa com uma caixa. E não uma mera caixa, mas uma com um laçarote vermelho em cima e buracos para respirar nas laterais. Eu sabia que isso só podia significar uma coisa.

Quando Merla abriu a caixa, eu esperava que ela fosse gritar e rodar, que a cabeça dela se dissolvesse como a parte de cima de um dente-de-leão. Mas, para minha imensa surpresa, ela gentilmente tirou o filhote desengonçado da caixa e o beijou na testa. Ela estava calma e quieta em sua alegria. Ela deixou que ele cheirasse a mão dela, e foi paciente enquanto ele se aninhava e pegava no sono. Ela era, no final das contas, uma dona nota mil, com três zeros, de um bicho de estimação de verdade.

— Que graça de cachorro — falei. — Boa escolha. Não é nem um pouco oblongo.

Mas Merla não estava ouvindo. Ela estava muito, muito distante, na terra quentinha e paradisíaca dos cachorros de verdade.

Fui até o quarto. Lá, entrouxei meus poucos pertences caninos, incluindo o desenho de giz de cera que Merla tinha feito, e caminhei até a sala.

— Bem — falei em voz alta, minha voz ecoando nas paredes e no piso de madeira. — Acho que já vou. Não sou mais necessário por aqui.

Imaginei que a partir do momento que Merla tivesse um cachorro real, eu estaria livre para ir embora. Exatamente como eu queria.

— Tchau — falei.

É estranho, mas sem uma pessoa para ouvir, essa palavra soa menor e mais vazia do que qualquer outra. Mas, antes que eu pudesse espremer meu corpo inteiro para fora da portinha para cachorro, ouvi passos rápidos e senti uma mão nas minhas costas.

— Tudo bem se você quiser ir embora — disse Merla — agora que o cachorrinho está aqui. Você nunca gostou muito de ser meu cachorro, não é?

— Ah, do que você tá falando? — Sorri. — Não foi tão ruim assim.

— Antes que você vá embora — falou Merla —, quer saber por que eu amo tanto cachorros?

— Honestamente, eu gostaria — falei. — Eu só conheci um, e ele era horrível.

— O que eu gosto em cachorros — disse Merla — é que um cachorro não se importa se você é hiperativo ou tem uma cara esquisita, ou se você é a pessoa mais estúpida em toda a aula de matemática. Eles não se importam se você sujar o vestido com lama, ou se você não conta piadas muito bem, ou se você é a criança mais impopular do terceiro ano. Um cachorro ainda assim vai esperar você chegar em casa todos os dias. E sempre vai se empolgar ao te ver. Um bom cachorro acha que você é a melhor pessoa no mundo inteiro.

"Mas sabe quais são os *melhores* cachorros? — perguntou Merla. — São aqueles que fazem você sentir que pode fazer o que quiser. Quero dizer, quantas *pessoas* no mundo iriam acreditar em você desse jeito? Ver algo em você e fazer você se sentir especial?"

— Quase nenhuma — concordei. — Talvez uma ou outra ao longo da vida se você tiver sorte.

— Bom, quer saber, Jacques Papier, cão temporário? — disse Merla.

— O quê? — perguntei.

— Você — falou, sorrindo seu sorriso selvagem e grandioso — foi o melhor cachorro de todos.

Capítulo quarenta e cinco
TUDO O QUE VAI FAZER FALTA

Eu me encontrei, mais uma vez, esperando no Escritório de Transferência. Enquanto esperava, repeti as palavras de Merla de novo e de novo na minha cabeça.

O melhor cachorro de todos.

Não consigo descrever para você o quanto essas palavras significaram para mim. Isso acontece porque não consigo descrever nem para mim mesmo o quanto elas significaram para mim, e muito menos por quê.

O melhor cachorro de todos.

A última vez que me senti tão especial foi quando estava com a Fleur. Era um sentimento, percebi, que eu queria devolver. Eu de fato tinha gostado de ajudar; foi uma surpresa, mas eu tinha gostado mais de ajudar a Merla do que de me ajudar. Será que as palavras da Merla tinham alguma mágica?

Tudo o que eu sabia era que elas me faziam muito bem e

que todo mundo, mesmo quem não for um cachorro, deveria tentar falar essas palavras, talvez só para si mesmo, ou talvez em voz alta, de olhos fechados, até acreditar nelas de verdade.

— *Eu sou o melhor cachorro de todos.*

Vamos lá. Tente.

— *Eu sou o melhor cachorro de todos.*

— Eu não sei se você é o melhor cachorro, mas você certamente é um cachorro muito oblongo, isso com certeza.

Abri meus olhos, o transe interrompido.

— É você mesmo? — perguntei. Pulei por cima, derrubando uma Vaqueira Patinadora, lambendo sua cara até que ela fizesse carinho na minha orelha.

— Bom, um bom dia para você também, Jacques Papier — disse a Vaqueira Patinadora.

Então, me ocorreu onde nós dois estávamos e o que isso queria dizer.

— Bom, se você está no Escritório de Transferência, então...

— Então minha parceirinha me deixou ir — disse a Vaqueira. — É verdade.

— Como você está se aguentando? — perguntei.

— Bom, você sabe — falou. — É difícil. Não consigo deixar de pensar em tudo que vai fazer falta, tudo que eu nunca vou poder ver. Ela tem a primeira festa da escola semana que vem. Eu sei que ela não ia me deixar ir junto nem nada disso, mas ainda assim eu iria gostar de vê-la de vestido. Sabe, nunca a vi usando nada além de macacão e botas de caubói.

Pensei nisso por um momento. Pensei na Fleur e em como ela tinha pedido para que eu nunca a esquecesse, para voltar se pudesse.

— Eu acho que você vai estar lá — falei, colocando minha pata na mão da Vaqueira. — Ela te imaginou. Isso faz parte dela. E acho que isso dura para sempre.

A Vaqueira secou os olhos e tentou sorrir.

— Talvez você tenha razão — disse ela, fazendo carinho na minha cabeça. — Obrigada, parceiro. Acho que talvez você seja mesmo o melhor cachorrinho de todos os cachorrinhos.

Depois que a Vaqueira foi transferida, esbarrei no conhecido mais indesejável.

— Saudações, meu caro. Se você está aqui no Escritório de Transferência, deve ter seguido meu conselho.

— Você! — gritei, apontando minha pata para o Bicho-Papão. — Você me *enganou*!

— Oh? — disse o Bicho-Papão. Ele tomou um gole de chá com o dedo mindinho levantado da xícara e derramando fumaça no chão.

— Eu só queria respostas — respondi. — Saber o que eu sou. E você me enganou nisso tudo. Tenho todo o direito de estar furioso com você.

— Bravo, é? — perguntou. — Para mim, você parece *pávido*.

O Bicho-Papão se inclinou para a frente. Eu conseguia farejar todo o pavor que ele tinha causado a todas as crianças que o tinham imaginado.

— E eu — continuou — *reconheço* pávido.

— Ah... p-pávido? — gaguejei. — E eu teria pavor de *quê*?

— Quiçá — disse o Bicho-Papão — você esteja a resolver a pergunta sobre quem você realmente é. E, quem sabe, só quem sabe, a conclusão não lhe agrade.

Capítulo quarenta e seis
A TOUPEIRA PETRIFICADA

Depois que se processou uma papelada muito mais cuidadosamente preenchida, eu com prazer dei adeus ao Bicho-Papão e passei pela porta rumo a minha mais nova transferência, pronto para provar que eu não tinha medo de nada. Era uma sala de estar velha e normal, em uma casa velha e normal. A primeira coisa que vi foi uma cabeça sumindo atrás de um sofá. A cabeça tinha uma selva de cabelo cor de areia e óculos de aro grosso, e me fazia pensar em uma toupeira petrificada se enfiando em uma toca.

— Ahn, olá? — falei.

Nisso, a figura atrás do sofá correu pela sala, abriu uma porta e a bateu depois de atravessar. Segui a figura e bati na porta e, quando ninguém respondeu, tentei de novo. Finalmente, depois de minha terceira tentativa, a porta rangeu, abrindo uns poucos centímetros.

— Saudações — falei, finalmente cara a cara com os olhos de coruja atrás dos óculos. — Eu sou Jacques Papier. É um prazer conhecer você.

Estendi minha mão para um aperto, mas o garoto cobriu a cabeça como se eu fosse bater nele.

— Você tem um nome? — perguntei. O garoto não respondeu, mas vi um nome escrito com canetinha em uma mochila na porta do armário.

— Veja bem, *Bernard* — falei. — Tenho a sensação de que você quer que eu vá embora, mas isso vai ser difícil, pois é você quem está me imaginando.

Com essas notícias, Bernard arregalou ainda mais os olhos, como se isso fosse possível. Eu estava prestes a perguntar a ele com que aparência ele tinha me imaginado, quando ouvi uma voz masculina chamar da cozinha.

— Hora do jantar, Bernie! E, por favor, lave as mãos se você estiver se escondendo no armário de novo.

Em resposta, Bernard passou correndo por mim em direção à cozinha, como se o cabelo dele estivesse em chamas.

Aquela toupeira petrificada não tinha bons modos, se você quer saber. Isso, pensei, não ia ser nada divertido.

Capítulo quarenta e sete
AMERELHO

Eu me juntei a Bernard e ao pai dele à mesa. O pai de Bernard usava óculos iguais aos do filho e tinha diversas canetas estouradas no bolso da frente da camisa.

— E aí, campeão, como você está? — perguntou o pai.

— Como eu estou? — falei. — A melhor questão seria *o que* eu sou... Oh — parei. — Você quer dizer ele.

Bernard estava me encarando do outro lado da mesa com os olhos arregalados.

— Então, na aula — começou o pai —, meus alunos estão aprendendo que o olho humano tem milhares de células sensíveis à luz chamadas cones. São elas que nos permitem ver as cores.

Isso explicava os óculos e as canetas. O pai do Bernard era um nerd profissional.

— Cachorros apenas têm dois tipos de cones — tagarelava o pai, amontoando ervilhas no prato do filho. — Então, eles só enxergam tons de verde e azul.

Observei o vapor que subia das ervilhas embaçar os óculos de Bernard.

Sem tirar os olhos de mim, Bernard pegou seu garfo cheio de ervilhas e lentamente o aproximou do rosto. Quando o garfo chegou lá, ele já estava vazio, e eu tenho bastante certeza de que o garoto teria espetado os próprios olhos se não fosse pelos óculos.

— Humanos — continuou o pai de Bernard feito um livro de ciências — têm três tipos de cones. Então, nós vemos verde, azul e vermelho. Borboletas têm cinco tipos de cones.

"Mas os melhores olhos — continuou ele — pertencem a um tipo muito especial de camarão. Esses camarões têm dezesseis cones. Dá para acreditar? Então, o arco-íris que nós vemos é apenas feito de combinações de tons de verde, azul e vermelho. Agora, imagine só como seria um arco-íris para aquele camarãozinho! Seria gigantesco e vasto, e teria infravermelho e ultravioleta e coisas que nem conseguimos imaginar. E o mais interessante é que estamos tecnicamente olhando para a mesma coisa. Mas as coisas que eles conseguem ver são simplesmente...

— Invisíveis para nós — disse Bernard, terminando a frase.

O pai de Bernard sorriu em choque. Ele parou de falar, como

se tivesse feito um animal selvagem comer da mão dele, e ele não ia abusar da sorte.

Depois do jantar, eu me sentei sozinho com Bernie, que continuou com o olhar arregalado.

— Eu não tenho naaaaaada melhor pra fazer, garoto — falei, apertando os olhos, encarando de volta. — Posso fazer isso a noite inteira.

— Amerelho — Bernard disse finalmente, quebrando o silêncio.

— Oi? — perguntei.

— É o nome de uma das cores que é invisível para nós. Amerelho — Bernard disse. — Também tem canzi e azuranja e vermelho-grama.

— Sim — concordei, surpreso que o garoto conseguia juntar tantas palavras de uma vez só. — E, ah, não se esqueça do lindo vorde, o luminoso chatfal e do sutil vinheca.

O rosto de Bernard se iluminou. Ele se levantou e começou a andar pelo quarto e falar rápido:

— Ou salgada e insônia e despreocupação e tagarela e solitário e queimado e pontual.

— Algumas das minhas cores favoritas — concordei, acenando com a cabeça. — Nós poderíamos pintar esse cômodo todo com sussurro. Ou zigue-zague. Ou talvez um tom bonito de ignorado e invisível.

Bernard não se segurou e deixou escapar um tipo de risada quieta e ofegante.

— Santa hilaridade — acrescentou ele.

Admito: eu ri também. O que posso dizer? O garoto era bem engraçado.

Mas essa, eu iria aprender, era apenas uma das muitas cores de Bernard que ninguém tinha a oportunidade de ver.

Capítulo quarenta e oito
PALAVRAS INEXISTENTES

Naquela noite, dormi em um saco de dormir no quarto de Bernard. Fiquei deitado lá, totalmente acordado, olhando para o quadrado de luz que a lua fazia no chão. Pensei nas palavras que Bernie e eu tínhamos inventado naquele dia e em como isso era bom, porque, quando você pensa bem nisso, não havia palavras suficientes no mundo. Não havia, eu percebi, uma palavra para o quadrado de luz que a lua fazia no chão.

Não tem nenhuma palavra para quando você está prestes a apresentar alguém e então, subitamente, esquece o nome da pessoa. Todo mundo já sentiu essa farpa de pânico, e não existe nenhuma palavra para isso.

E não tem nenhuma palavra para mensagens secretas em sopas de letrinhas.

Ou para a primeira vez que você põe os pés descalços na grama depois de um longo inverno.

Ou para quando um cachorro sobe na sua cama, abana o rabo e te enche a cara de alegria.

Ou para quando seu cabelo fica muito pior depois de um corte.

Ou para quando alguém tem um sorriso que é tão iluminado que essa pessoa deve ter um vagalume preso na cabeça. (Que fique registrado, eu lideraria o abaixo-assinado para que essa palavra fosse Fleur.)

Não há nenhuma palavra para a velha pegadinha de bater no ombro oposto por trás da pessoa para enganá-la.

Ou para anotações de um desconhecido em um livro usado.

Não existe uma palavra para quando alguém hilário e esquisito, como Bernard, decide que é melhor ser o garoto mais invisível do mundo do que ouvir provocações. Eu suponho que não existir pode até ser confortável. É como ser etéreo, ir esvoaçando, poder entrar e sair de lugares despercebido. Não ter amigos e, portanto, ninguém para perder.

Não tem palavras para navios que querem continuar afundados, para agulhas que se escondem no palheiro, ou para pérolas que estão enterradas para sempre na areia.

— Sabe, Bernie — falei para ele um dia, enquanto várias pessoas furavam a fila do cinema na nossa frente. — É um pouco ofensivo para mim, que sou invisível *de fato*, que você tente tanto não ser visto.

Provavelmente não era algo que outras pessoas notariam, mas eu mesmo, como uma pessoa invisível, conseguia notar. Tinha o jeito como ele pendurava seus desenhos na aula de artes, para que cada um deles estivesse atrás dos desenhos dos outros, ou como ele se vestia em cores suaves e meio sem graça, ou a maneira como ele se movia tão silenciosamente que parecia que seus pés eram feitos de bolas de algodão.

Não existe palavra para a maneira como Bernard escondia a pessoa que era, com o cuidado de um esquilo guardando nozes para o inverno.

— Uma vez — disse ele — eu estava tão invisível que um pássaro, um *pássaro* de verdade, aterrissou na minha cabeça. Achei que fosse continuar ali e fazer um ninho.

Certamente, não existe uma palavra, pensei, para alguém que parece uma residência adequada para passarinhos.

Capítulo quarenta e nove
O ATAQUE DO LAGOSTA

Bernard poderia ter seguido invisível para sempre se não fosse pelo dia em que ele quase cegou uma garota na aula.

Era a aula de Educação Física, no pátio, e estavam jogando o jogo mais temido por qualquer estudante de óculos: queimada. Na verdade, na escola de Bernard, não chamavam de "queimada" porque havia muitas cercas vivas e arbustos próximos à quadra, então, os alunos chamavam de verdeada ou escondada, mas nunca de queimada. Bernard empregou o que ele chamou de sua "tática usual".

— Ok, você se esconde em moitas. E daí? — perguntei.

— Então, você espera a aula acabar, obviamente — respondeu Bernard em um tom de "dã".

— Mas tem que ser divertido — falei. — É o pátio.

— Você já *esteve* em um pátio? — Bernard perguntou. — É uma terra sem lei! É anarquia! É uma anarquia *em que só a pes-*

soa com a bola pode jogar e todo mundo quer violentamente matar o garoto de óculos!

— Nossa. Que imagem — respondi.

O sistema provavelmente teria funcionado se, depois que todo mundo no time de Bernard foi eliminado, alguém não tivesse visto uma ponta de cadarço vermelho atrás de uma moita.

— Ei, ainda tem uma pessoa! — O time de Bernard choramingou.

Bernard esticou os olhos de coruja para fora da moita.

— *Quem é aquele?*

— *Mas ele estuda aqui?*

— *Eu acho que é só um rato grande.*

Mas não. Era Bernard, que foi obrigado a sair do esconderijo e se juntar ao jogo. Cada uma das bolas vermelhas do pátio estava no lado dele da quadra, muitas presas na moita que ele usou como abrigo. Cautelosamente, ele pegou uma bola e arrumou seus óculos no nariz.

— S-santa situação a-apavorante — gaguejou.

Era uma avaliação justa, pois seus oponentes eram muitos. Havia um garoto conhecido na quadra de queimada como o Trombone, por conta de seus braços bizarramente longos, o que resultava em arremessos tipo bala e pegadas absurdas. Havia a Azul da Meia-Noite, uma garota tão pequena e rápida que você nunca a via chegar. E havia, finalmente, o mais temido de todos, o Galinheiro. Era um mistério da ciência como aquele garoto conseguia segurar tantas bolas de uma vez só, mas ele conseguia carregar meia dúzia como se fossem pequenas que nem ovos de galinhas.

— O que você tem que fazer — falei para ele — é pegar uma bola em cada mão.

Bernard fez como mandei. Eu me levantei e o examinei.

— O Lagosta — falei depois de um momento.

— O quê? — perguntou Bernard.

— Essa pode ser sua *persona* de jogador. As bolas vermelhas parecem com pinças de lagosta.

— Quem liga? — interrompeu Bernard. — O que eu faço?

— Talvez acerte um dos colegas mais lentos no fundo — sugeri. — Olha! Ali tem um grupo de garotas que passou o jogo todo fofocando. Mire em uma delas. Elas nem estão olhando.

— Eu não posso — sussurrou um Bernard em pânico. — Uma delas é a garota com as sardas.

— Ah, e daí? — falei. — Mire numa sarda.

— Não — respondeu. — Eu só acho... ela legal.

— Legal? — soltei. — Quem liga se ela é... Aaaaah, entendi. — Eu sorri, finalmente compreendendo a situação. — Você tem uma imensa, barulhenta e monstruosa quedinha por ela, não tem?

— Ela nem sabe que eu existo — respondeu Bernard.

— Para de cochichar para jogadores imaginários e joga logo! — gritou uma voz de fora da quadra.

E então Bernard cuidadosamente se aproximou da linha pintada de branco no pátio que dividia a quadra. Eu me aproximei da linha com ele, esperando que pelo menos um de nós evitasse a morte certeira.

— Flutue como uma borboleta de borracha. — Eu o instruí. — Dê uma ferroada como uma abelha de plástico.

Bernard rangeu os dentes. Os óculos apenas aumentavam o olhar determinado. Enquanto ele soltou a bola, o tempo parou, os planetas se alinharam, e então...

Bernard efetivamente *acertou* alguém.

A bola havia deixado a pinça esquerda do Lagosta e se conectado com...

— Santa zona perigosa! — Bernard engasgou. — Eu acertei bem no rosto dela!

Era verdade. Do outro lado da linha, a garota-quedinha de Bernard apertava as duas mãos sobre os olhos enquanto os colegas de time e o professor corriam em direção a ela.

— Bem — tentei confortar Bernard, dando tapinhas nas suas costas —, pelo menos agora ela definitivamente sabe que você existe.

Capítulo cinquenta
FARFALLE!

Bernard e eu ficamos embaixo da janela da enfermaria. Espreitei por cima do peitoril da janela e através do vidro para ter uma vista melhor da situação ali dentro.

— Viu — falei, me agachando de volta junto a Bernard. — Falei que ela ficaria bem. Ela só está sentada ali com uma bolsa de gelo no olho. Se fosse algo sério, haveria uma ambulância ou um padre ou algo assim.

— Ufa — disse Bernard. — Então, acho que eu deveria ir me desculpar, não?

— Ei, ei, ei — falei, parando Bernard. — Pode se acalmar, Casanova. Você tem alguma ideia do que vai dizer para essa garota?

— Quem sabe "Me desculpe por mutilar você quando joguei uma bola na sua cara"? — respondeu Bernard.

— Não, isso é muito chato — expliquei. — Nossa, você

tem muita sorte de me ter. Se vai falar com uma garota, você precisa ter uns tópicos de conversa antes. Sabe como é, coisas em comum com ela.

— Eu não sei o que nós temos em comum — disse Bernard.

— Bem, quais são suas coisas favoritas? — perguntei. — Vamos descobrir alguma de que todo mundo gosta e mencionar isso. Por exemplo — continuei —, qual seu animal favorito?

— Cavalos-marinhos — respondeu Bernard sem hesitar.

— Você quer parar um instante e pensar nisso? — perguntei. — Não? Tudo bem, cavalos-marinhos — falei. — Quem sabe... quais são seus hobbies favoritos?

— Eu gosto de fazer tortas de lama — disse Bernard.

— Nada romântico.

— Gosto de descascar milho quando nós temos milho no jantar. — Bernard tentou.

— Descascar milho não é um hobby.

— Eu gosto de colecionar penas.

— Que nojo.

— Eu queria ser um mágico. Alakazam! Santo Houdini!

— Por favor, nunca diga isso a uma garota.

— Eu gosto de inventar músicas — disse Bernard.

— Certo, está bem — falei finalmente. — Música. Todo mundo gosta de música.

— Isso — disse Bernard. — Eu gosto de fazer músicas sobre diferentes tipos de macarrão. FARFALLE — cantou ele. — FUSILLI, ESPAGUETE, RIGATONI, RAVIÓLI!

— Está bem, está bem, para, por favor — falei, massageando a cabeça. — Novo plano. Você entra, e eu fico aqui do lado de fora da janela. Eu te digo o que dizer.

— Isso parece meio desonesto — respondeu.

— Quando você está conquistando uma garota — falei, forçando Bernard na direção da porta — é sempre uma boa ideia usar sua imaginação.

Capítulo cinquenta e um
VOCÊ ESTAVA AQUI ESSE TEMPO TODO?

Bernard entrou na enfermaria do seu jeito típico: como um fantasma que acabou de perceber que saiu de casa sem as calças. Discretamente, ele passou pela porta sem que a enfermeira sequer notasse, e, então, deslizou em volta de uma prateleira com panfletos sobre piolho e os riscos de não usar fio dental. Deslizou tão furtiva e tão silenciosamente que, quando a garota das sardas (e olho roxo) finalmente o viu, ela deu um gritinho de surpresa.

— Ah! — gritou ela. — Desculpe — acrescentou, recuperando-se quando percebeu que Bernard era só um Bernard inofensivo. — Você estava aqui esse tempo todo?

Sem resposta de Bernard.

— Eu sou Zoë — disse ela.

Usando a Força Jedi, tentei men-

talmente obrigar Bernard a dizer o próprio nome, mas ele só ficou lá com a boca aberta, como um daqueles palhaços que você acerta com arminhas de água no circo. A qualquer momento, eu tinha certeza de que o cérebro de palhaço dele iria explodir.

— Me diz — continuou Zoë —, não foi você quem me acertou no olho?

Dessa vez, em resposta, Bernard ficou vermelho e tentou se encolher por trás da cortina protetora próxima da cama de Zoë. Imaginei que era a hora de eu entrar em ação antes que Bernard também acabasse com um olho roxo.

— Psiiiiiiu — sussurrei.

Bernard olhou na direção da janela.

— Não, não olha para mim! — gritei.

Bernard sacudiu a cabeça de volta para Zoë e, depois, para o chão, e, então, para o teto.

— Diga algo sobre o jogo — instruí.

— Será que eu tenho que pedir desculpas? — sussurrou Bernard. Ele não estava olhando para a janela, mas ele também não estava olhando para Zoë. Ele estava, exatamente como um lunático, falando com o chão.

— Você está me perguntando? — respondeu Zoë.

— Diz para ela... — tentei inventar algo poético. — Diz para ela que o cabelo dela é da cor de milho recém-descascado. Que os olhos dela são como tortas de lama. Que as sardas dela são um jogo de ligar os pontos com o formato do seu coração.

— Não! — vociferou Bernard. — Eu não vou dizer isso!

— Tudo bem, então não peça desculpas — respondeu Zoë, cruzando os braços. — Nossenhora.

Dei um tapa na minha própria testa. Nós tínhamos que pôr as mãos à obra. E, então, a enfermeira voltou para checar a Zoë, tirou a bolsa de gelo e inspecionou os danos.

— Por causa desse arranhão — disse ela —, você vai ter que usar isso por alguns dias. — A enfermeira deu para Zoë um tapa-olho médico preto. O tipo de tapa-olho que um pirata usaria.

— Eu liguei para sua mãe, ela vai chegar logo — continuou a enfermeira. — Só descanse até lá.

A enfermeira se virou para trás em busca de um travesseiro para Zoë e levou um susto.

— Ah! — gritou, quase atropelando Bernard. — Perdão. — A enfermeira se desculpou. — Você esteve aqui esse tempo todo?

Santo desânimo, pensei. Isso ia ser mais difícil do que eu tinha imaginado.

Capítulo cinquenta e dois
A PRIMEIRA FRASE COERENTE DO BEBÊ BERNIE

Convenci Bernard a ir à casa de Zoë depois da aula com um buquê de dentes-de-leão, os caules molengos nas suas mãos nervosas. Era a coisa civilizada a se fazer, especialmente depois que ele (tudo bem, a *gente*) tinha feito tanta besteira na primeira tentativa de pedir desculpas.

— É você de novo? — disse Zoë.

A mãe dela a tinha convencido de atender o convidado, mesmo sob protestos de Zoë, que tinha medo de que alguém de fora a visse com o tapa-olho.

— Você está aqui para não se desculpar um pouco mais? — perguntou ela.

Bernard só ficou lá parado. Dei uma cotovelada nas costelas dele.

— Ai — sussurrou ele, me lançando um olhar feio.

Finalmente, ele reuniu coragem, enfiou a mão no bolso e tirou seu tapa-olho. Era preto e de plástico, parte de uma fantasia de pirata do Dia das Bruxas do ano anterior. Bernard tirou seus óculos, colocou o tapa-olho sobre o olho esquerdo e colocou os óculos de novo. Então, ele fez um gesto tímido de *TA-DÃ*!

No início, achei que Zoë fosse dar um soco nele, pensando que ele estava rindo dela. Mas, então, vi um brilhozinho bem pequeno de risada no olho bom dela. Funcionou! Nós tínhamos o jeitinho. A gente tinha habilidade. Um dia, escreveriam sonetos sobre essa dupla cortês! E, se não escrevessem, eu mesmo escreveria.

— Vem logo, esquisitinho — disse Zoë, puxando Bernard pela mão. — Você pode me ajudar com meu projeto.

Enquanto Bernard deixava Zoë o guiar para dentro, ele se virou e me lançou um olhar que dizia tudo: ele estava finalmente sendo visto.

E ele estava apavorado. Então, apesar de eu estar segurando vela, decidi que deveria provavelmente me juntar a eles.

A família da Zoë tinha uma piscina atrás da casa, cercada de plantas e pedras, com uma pequena queda d'água.

— Chique — notei. — Quem quer uma piña colada?

Eu estava tentando pensar em algo para Bernard dizer, alguma coisa sobre o destino, sina e a rota de uma bola em um jogo de queimada. Mas, para minha surpresa, Bernard realmente *falou*. Ele mesmo, sozinho. Eu me senti como um marionetista cuja marionete tivesse simplesmente se levantado e começado a sapatear.

— O que brilhante aquela é coisa? — perguntou.

Tudo bem, talvez as palavras não estivessem *perfeitamente* em ordem. Ainda assim, era uma boa tentativa.

— Ah, minhas amigas e eu vamos fazer uma apresentação de dança no show de talentos — explicou Zoë. Ela pegou um chapéu coberto de cima a baixo com lantejoulas verdes.

— Parece a cauda de uma sereia — disse Bernard. — Sabe, muita gente não tem consciência disso, mas tapa-olhos te dão a habilidade de ver sereias.

Ótimo. Perfeito. Bernard tinha finalmente costurado sua primeira frase coerente perto de uma garota, e era uma frase insana.

— Uh, sereias? — perguntou Zoë.

— É — disse Bernard. — Você só tem que cobrir seu olho livre para ver.

Zoë riu. E, para minha surpresa, ela levantou a mão e cobriu o olho livre dela.

— O lugar onde sereias moram parece um pouco com sua piscina — disse Bernard. — Exceto que elas constroem casas com ossos de baleias e destroços de navios afundados. Jogam xadrez com cavalos-marinhos. Usam capas de escamas de peixes e dormem em camas feitas de alga.

Enquanto ouvíamos, pensei ter escutado leves batidas na água, vindas do outro lado da piscina.

— À noite — continuou Bernard — elas usam uma enguia elétrica como luz noturna e acendem uma fogueira, e a fumaça sai por uma chaminé feita de coral.

— Espera aí — interrompeu Zoë, claramente imersa na descrição de Bernard. — Se elas vivem embaixo d'água, como é que elas têm fogo?

— Você devia perguntar para elas — disse Bernard.

Zoë e eu abrimos os olhos.

Agora, veja bem, sei que era só uma ilusão de ótica. E sei que provavelmente nós tínhamos inalado muita cola de lantejoula. Mas, por um ou dois segundos, o azul da piscina da Zoë deu lugar a uma água cor verde-água muito mais profunda e mais escura. As poucas plantas e pedras foram trocadas por uma lagoa e cachoeira em que diversas sereias se recostavam, com metade do corpo na água, e a outra metade ao sol. Elas mergulhavam e salpicavam a água, suas risadas fazendo o mesmo som que a água.

Ora, ora. Quando se tratava de imaginação, talvez Bernard fosse um pouco mágico no fim das contas.

Capítulo cinquenta e três
AS PARTES OCULTAS

Depois que Bernard foi dormir naquela noite, decidi fazer uma caminhada e pensar um pouco. A coisa que percebi depois do caso das sereias era que Bernard não tinha medo, ou timidez, nem estava ensaiando para o papel da Pequena Aranha, que sempre sobe sozinha pela parede. Na verdade, ele só vivia no seu mundo particular. *O mundo de Bernie*. Isso, pensei, era o motivo pelo qual abelhas e pássaros pousavam nele: Bernie claramente tinha um mundo inteiro dentro dele com rios de mel e um coração feito de flores. Bernard era como uma flor ainda fechada, uma semente com uma árvore dentro, uma música ainda não ouvida.

Para ser honesto, eu começava a achar que você ficaria boquiaberto com qualquer pessoa se você pudesse ver as partes dela que ninguém mais vê. Se você pudesse ver essas pessoas inventando musiquinhas ou fazendo caretas no espelho; se você as visse dormindo abraçadas com seus cachorros, ou parando para olhar um insetinho caminhar por um galho, ou simplesmente sendo muito diferentes e solitárias e chorando em algumas noites. Ao ver essas pessoas, vê-las *realmente*, você não conseguiria evitar achar que qualquer pessoa e todas as pessoas são incríveis.

Acho que todas as pessoas, percebi, *me* incluía.

Mas o que havia de especial em mim?, eu me perguntei. Acho que você nem sempre consegue saber o que são essas coisas em você mesmo. Talvez seja porque você está muito perto para ver, como uma flor que olha para baixo e acha que é só um caule. Acho que o mais importante é confiar que você é. Você é especial. E as pessoas próximas de você veem isso de mais maneiras do que você jamais poderia.

Antes que eu percebesse, meus pés tinham me trazido à casinha de brinquedo onde eu tinha estado várias vezes nas últimas reuniões dos Imaginários Anônimos. Eu me perguntei se alguém iria me reconhecer. Eu não tinha chegado a saber qual era minha aparência naquele momento. Eu andava tão ocupado ajudando o Bernard que tinha esquecido tudo sobre aquilo.

— Olá? — falei baixinho, abrindo a porta plástica cor-de-rosa com um rangido. — São aqui as reuniões dos Imaginários Anônimos...?

— *Só sou invisível se me sentir invisível, seja eu imaginário ou não.*

Depois de recitar o lema do grupo, eu me sentei no fundo e ouvi a primeira pessoa falando, mesmo que eu não conseguisse ver muito bem ninguém na frente do palco. A pessoa devia ser muito pequena, pensei. Deve ter acidentalmente preenchido o termo *élfico* ou *liliputiano* no formulário de transferência, pobrezinha.

— Quero dizer, claro, foi difícil no começo — disse a minifigura imaginária. — Mas, então, eu me dei conta de que, talvez um dia, eu vá flutuar pelo mundo inteiro. Talvez eu vá esvoaçar pela Amazônia, pairar em torno da Torre Eiffel, me prender a um macaco peludo e viver no topo da montanha mais alta. Apesar dos pesares, sou uma rancheira muito sortuda.

Os outros membros aplaudiram e agradeceram-na por compartilhar. Eu me senti agradecido também, mas por outro motivo. Depois de todo mundo compartilhar suas histórias, depois das bolachinhas e do suco, eu me meti entre as pessoas até achar aquele serzinho imaginário.

— *Vaqueira*? — perguntei. — Vaqueira, é você?

Capítulo cinquenta e quatro
O MUNDO EM UM FLOCO

— Você é... você é... — gaguejei para a Vaqueira, tentando achar a palavra.

— Um floco bem pequeno — disse ela, me ajudando a terminar o raciocínio.

— Bom, sim — falei. — Quero dizer, o que você é? Uma semente de dente-de-leão? Uma fibra de algodão? Quem imaginaria algo assim?

— Ele se chama Marcel. Tem 6 anos. Leu um livro sobre um elefante que descobriu uma cidade inteira em um floco. Decidiu que queria o próprio floco, e foi assim que ele me conseguiu.

— Eu me pergunto — falei — o que você pôs no *seu* formulário.

— Na verdade — respondeu a Vaqueira —, eu não preenchi. Eu imaginei que o que viesse estaria bem, ia deixar o vento me levar.

Uma brisa atravessou a casinha, e a Vaqueira flutuou por alguns instantes antes de se estabelecer no chão de novo.

— Literalmente — falei, e nós dois rimos. — Sabe — acrescentei —, ainda estou surpreso por ter reconhecido você.

— Ei — disse ela —, eu te reconheci quando você não era nada além de um vira-lata em forma de linguiça, não reconheci? Não é tão difícil. Você só tem que ir além das aparências. Já notou que as pessoas reais são do mesmo jeito? A pessoa pode envelhecer setenta anos, mas você ainda conseguiria reconhecê-la. O segredo são os olhos.

Tentei imaginar os olhos atrás dos óculos de Bernard e o olhar cheio de energia de Merla. Não era tão difícil. Quando tentei imaginar os olhos de Fleur, minha memória estava um pouco mais turva, mas a Vaqueira estava certa: lá estavam eles, ganhando foco depois de um momento. A cor de dentro era como uma lagoa com azul e verde e traços de raios de sol dourados; um desses lugares de onde ainda se esperaria que um peixe saltaria para fora a qualquer momento.

— Antes de você ir — disse a Vaqueira —, tenho algo seu.

— Meu? — perguntei. — Mas eu não tenho nada. Você perde qualquer coisa que carrega quando se torna o amigo de uma nova criança.

A Vaqueira flutuou até a mesa e pairou sobre um guardanapo. Eu a segui, peguei o guardanapo e prendi a respiração ao ver o que era.

— Eu troquei por outra coisa — disse ela.

Lá, sobre a mesa, estava a bússola que Fleur tinha me dado, aquela que achei que tinha perdido para sempre para o Bicho-Papão. Era raro, eu soube naquele instante, que algo de que você tinha se desfeito porque não percebia seu valor voltasse para você. Apertei a bússola, entendendo sua mágica real: a mágica de me lembrar do que eu tinha perdido e de me dizer para valorizar o momento presente, porque ele também pode sumir logo.

Capítulo cinquenta e cinco
SANTA FALHA FUTURA

— Bernard — falei no dia seguinte, após meu café da manhã —, decidi que nós vamos participar do show de talentos da escola.

Bernard apenas encarou sem piscar sua colher de cereal, como se ela contivesse um miniapocalipse.

— Você me ouviu? — perguntei.

— Não — respondeu ele.

— EU DISSE QUE NÓS VAMOS PARTICIPAR DO SHOW DE TALENTOS DA ESCOLA — gritei.

— Eu *escutei* você — disse Bernard, cobrindo as orelhas. — E quis dizer que eu não vou participar de jeito nenhum. Olha para mim!

— Você está ótimo — respondi. — Essa camiseta é nova? Listrado é sua melhor cor, meu amigo.

— Não — disse Bernard. — Eu quero dizer que não tenho talento. Não tenho talento algum. Tropeço às vezes enquanto caminho. Quase morri uma vez, pulando corda. Sou alérgico a borboletas.

— Eu não acho que nenhum desses problemas seja falta de talento — respondi, acrescentando: — Sério mesmo? Borboletas? Bom, não importa — falei, acenando com a mão. — Foco. Você por acaso toca algum instrumento musical?

— Meu primo uma vez me ensinou a fazer sons de pum com o sovaco. Aqui, ouve só...

— Não, tudo bem, eu acredito em você — falei. — Parece que foi uma experiência marcante para vocês. Você sabe girar um bastão em chamas? Fazer malabarismo? E movimentos acrobáticos?

— Não, não e não tentei ainda, mas podemos tentar — respondeu Bernard.

Isso acabou se revelando mais difícil do que eu tinha imaginado. Nós dois nos afundamos em derrota já nos primeiros passos. Foi quando ouvi um tinido no meu bolso e busquei nele a bússola que me tinha sido devolvida pela Vaqueira.

— O que é isso? — perguntou Bernard.

— Ah, é uma bússola supostamente mágica. Eu a ganhei em

um show do Maurice, o Magnífico. Ele não era *tão* magnífico assim, mas um pouco engraçado, acho, para um velhote.

E então, enquanto eu dizia essas palavras, a lâmpada do meu cérebro finalmente se acendeu.

— Eu sei qual é seu talento — informei Bernard. Esfreguei o queixo como um gênio malvado ou como o cabeleireiro em um desses programas em que transformam o estilo das pessoas.

— Sim, sim... — falei. — Exceleeeeente.

— Santa falha futura — disse Bernard, engolindo em seco.

Capítulo cinquenta e seis
BERNARD, O INCRÍVEL

É como diz o ditado: o tempo voa quando você está forçando seu melhor amigo a fazer algo contra a vontade dele. Antes que eu notasse, já era a noite do grande show de talentos da escola.

— Você se sente mágico? — perguntei a Bernard.

Nós estávamos em pé atrás do palco. Bernard vestia uma capa e uma cartola de mágico. Eu vestia um par de calças decoradas com lantejoulas e um colete. Achei que nosso visual estava ótimo, exceto que Bernard estava ganhando um tom esverdeado e doentio que não combinava com meu brilho.

— Não fique nervoso — falei. — É só um auditório cheio de gente, com alguns juízes e olha lá! Olha quem vem agora! É a Zoë-do-tapa-olho. Eu esqueci que ela ia se apresentar também.

O rosto de Bernard passou de verde para cinza. Nós assistimos a Zoë se apresentar com seu grupo de amigas, e continuamos assistindo enquanto elas começaram a brigar no meio da dança e tiveram que ser retiradas do palco. Depois disso, veio uma banda de heavy metal, um poeta e três outros grupos de garotas dançando, que também começaram a brigar no meio do espetáculo.

— Estou gostando dessa concorrência — sussurrei para Bernard. — Ooh, acho que é a nossa vez!

— E agora — disse o apresentador, lendo um cartão —, a mágica de Bernard, o Incrível, e seu belo assistente!

Todo mundo, incluindo o pai de Bernard na primeira fila e Zoë na coxia, aplaudiu enquanto nós arrastávamos um armário com rodinhas para o palco.

— No meu primeiro truque — começou Bernard em um sussurro — vou fazer meu assistente desaparecer.

— O quê? — gritou alguém do fundo do auditório. — Fala alto, garoto, não dá para ouvir você!

— Eu disse — disse Bernard mais audivelmente — que agora farei meu assistente desaparecer!

Dei uma cotovelada em Bernard.

— Meu belo assistente. — Ele corrigiu.

Cochichos e resmungos atravessaram a plateia.

Que assistente?

Você vê alguém?

Esse garoto é maluco?

Pisei dentro do armário com graça e simpatia, como sempre. Bernard fechou a porta. Então, com um dramático, embora desajeitado, floreio, ele se curvou perante o armário, moveu os braços e gritou várias vezes "Alakazam!" e "Abracadabra!" e "Shazam!". Depois disso, ele abriu a porta para revelar...

Um armário vazio!

— Ta-dã! — disse Bernard.

Bem, tenho que dizer, o auditório ficou em tanto silêncio que eu poderia ter ouvido o soluço de um filhote de camundongo, ou uma mosca se coçando. Eu nunca tinha visto tanta gente de boca aberta e com as testas tão franzidas em confusão.

Mas então, a-há!, de algum lugar em uma fila no fundo eu ouvi uma risadinha. Na verdade, era mais uma gargalhada. E ela parecia ser contagiosa, porque antes que nos déssemos conta, risadas estavam saindo de cada lado da plateia, mais e mais altas, como uma perfeita e tilintante música.

Aplaudiram novamente o segundo truque de Bernard, em que ele serrava o assistente invisível ao meio.

Riram entre dentes quando Bernard fez meu eu invisível

levitar. Gritaram e assobiaram enquanto Bernard passou meu corpo através de um aro prateado. E eles simplesmente uivaram quando Bernard enfiou uma espada no meio da minha cabeça imaginária.

— *Um gênio da comédia!* — *gritaram.*
— *De longe, a apresentação mais engraçada!*
— *Bernard, o Incrível, já ganhou!*

Capítulo cinquenta e sete
E SEU ADORÁVEL ASSISTENTE

Depois do show, assisti a Bernard ser cumprimentado por diversos colegas de classe, e eu tinha bastante certeza de que alguns não sabiam seu nome até aquela noite.

— *Você deveria ser um comediante profissional* — disseram.

— *Como é que você inventou algo tão bom?* — perguntaram.

— *Talvez você devesse se sentar com a gente na hora do almoço.*

E só melhorou daí em diante.

Na segunda-feira, Bernard foi o anteantepenúltimo a ser escolhido para uma partida no recreio! Anteantepenúltimo, antes do último, do penúltimo e do antepenúltimo! Normalmente, ele nem era chamado para jogar, então, aquilo foi um progresso imenso. E durante o jogo, ele não teve que se esconder em moitas nem contar com a ajuda de qualquer tipo de folhagem.

Na terça-feira, levantou a mão na aula pela primeira vez e respondeu qual era a capital da França. No almoço, ele não se sentou sozinho e, quando o ônibus chegou à casa de Bernard, ele estava suficientemente notável para que o motorista não se esquecesse de parar.

Na quarta-feira, Zoë, que estava muito mais bonita com os dois olhos saudáveis, perguntou se Bernard iria ao baile da escola. Bernard disse que ele provavelmente daria uma passada, e Zoë disse, ouve só, *vejo você lá*. Vejo você lá! No quarto ano, isso basicamente quer dizer que estão noivos.

Na quinta-feira, a diretora presenteou Bernard com o troféu do show de talentos: primeiro lugar, e até tinha *Bernard, o Incrível* gravado em uma plaquinha dourada na frente. Embaixo disso, estavam as quatro palavras mais maravilhosas de todas: *E Seu Adorável Assistente*. Santa fama! Santa fortuna!

Tudo estava ótimo.

Tão ótimo, de fato, que na sexta-feira eu percebi a dura realidade: era minha hora de ir.

O garoto invisível não era mais invisível. Ele não iria conseguir mais flutuar por aí. Ou se esconder durante partidas. Ou não se envolver. Porque agora ele tinha sido visto.

Então, eu fui.

Não tive coragem de dizer adeus.

Sei que ele me pediria para ficar, e, se ele pedisse, eu ficaria. Bernard era como uma tartaruguinha que tinha começado a colocar a cabeça para fora do casco. Se eu continuasse por ali, no primeiro susto, ele iria se encolher de volta, buscando a segurança da minha companhia. E eu não queria que Bernard voltasse a se esconder, disso eu tinha certeza. Eu queria me agarrar a esse sentimento de orgulho, de que eu tinha verdadeiramente ajudado a mudar a vida de alguém. E isso, pensei, fez eu me sentir um pouquinho menos invisível. Sim, eu iria voltar ao Escritório de Transferência e explicar tudo, e eles me dariam um novo lar.

Enquanto eu assistia Bernard polindo seu troféu e rindo com seus novos amigos, percebi que ele tinha feito diversos truques de mágica e os tinha feito bem, mas tinha um truque específico que o tornava verdadeiramente especial: Bernard, o Incrível, tinha, finalmente, feito ele mesmo aparecer.

Capítulo cinquenta e oito
OITOCENTOS BILHÕES DE ESTRELAS NOVAS

Então, fui embora, na direção do quê, eu não sei. Uma nova transferência, eu supus. Um novo pontinho no Mapa de Mim.

Bernard, pensei, tinha um mapa também. O dele era um daqueles mapas especiais. Você sabe, aqueles que, quando você olha para ele, só parece um pedaço de pergaminho em branco, mas com os corretos óculos decodificadores supersecretos, você consegue ver as coisas pouco a pouco. As lagoas de sereias, a montanha do mágico e, sim, as cores: todas as cores que nem tinham nome ainda, elas estavam ali, no Mapa de Bernard.

Sem nenhum lugar para ir, tomei o rumo do Escritório de Transferência. Eu disse a eles que não precisava preencher nenhum formulário. Eu não respondi pergunta alguma. E até amassei o papel para dar um efeito dramático, pensando *apenas me mandem para onde mais precisam de mim*. Esperei na sala de espera vazia e, então, quando chamaram meu número, passei pela portinha para encontrar minha nova vida, pronto para o que estivesse no meu caminho.

Mas eu tinha esquecido do que acontecera bem no começo da minha jornada: se você não preenche o formulário, você é enviado para o limbo. O escuro. Para esperar. Espera que podia ser muito, muito, longa.

E foi exatamente ali onde me encontrei.

Eu decidi fingir que estava simplesmente brincando de esconde-esconde. Eu me lembrei de que muitas coisas estavam acontecendo fora do escuro. Imaginei todas elas.

Um bilhão e sessenta e quatro milhões de bebês nasceram enquanto você está se escondendo nesse baú de brinquedos, eu pensava. Além disso, oito mil e quinhentas e oitenta e seis espécies entraram em extinção; quatrocentos e oitenta vulcões entraram em erupção; mil e duzentas pessoas morreram porque cocos caíram em suas cabeças; quatrocentas e dezesseis segundas-feiras passaram, e terças-feiras e quartas-feiras e quintas-feiras e sextas-feiras; a Lua orbitou a Terra cento e quatro vezes; oitocentos bilhões de estrelas novas nasceram na galáxia.

Mas, para mim, não havia estrelas novas. Havia apenas a escuridão. E a escuridão estava começando a me levar embora.

Tudo estava começando a desaparecer.

Era como se minhas memórias tivessem sido esculpidas na areia e depois descuidadamente deixadas perto da água. Elas se tornavam etéreas, intangíveis, invisíveis. E eu não sabia o que fazer para que elas ficassem.

Primeiro, eu assisti ao meu nome partir.

O *J* flutuou para longe como uma bolha gorda, seguido por *A, C, Q, U, E,* e *S*, todos levados de uma vez. O *P-A-P-I-E-R* demorou um pouco mais, primeiro a tinta borrando e as letras desmoronando em fragmentos flutuantes: a meia-lua do *P* e os risquinhos horizontais do *E* se emaranhavam, finalmente desaparecendo em um tango com letras em forma de origami. Deixei partir os mapas que tinha desenhado, minhas canções favoritas e todas as pessoas que eu tinha encontrado, conhecido bem, e todas com quem eu tinha me preocupado. Adeus, gentileza da Fleur, paciência da minha mãe, senso de aventura do meu pai; adeus, criatividade de Pierre, coração imenso da Merla e coragem do Bernard; adeus à vontade de aventura da Vaqueira, à Meia Fedorenta, ao Superlamentável, e a todos os outros imaginários; adeus à maneira como eles se preocupavam mais com a felicidade de seus amigos do que com a própria. Todas essas memórias bateram as nadadeiras e nadaram para longe, como um cardume de peixes-voadores impossíveis, invisíveis e imaginários.

E, então, eu estava verdadeiramente sozinho.

Quem é você quando tudo que você já soube sobre si mesmo partiu?

Quem é você quando não tem ninguém para lembrar você do seu papel, nem memórias que te façam sentir remorso ou calor?

Como seria sua aparência se você não conseguisse se lembrar de quando você tinha uma aparência? Qual seria sua forma?

Com o que você sonharia à noite se não tivesse memórias? Que músicas ficariam presas na sua cabeça se você não se lembrasse de som algum?

Depois que tudo tinha lentamente desaparecido, ali, no escuro, tentei me ver. Eu não tinha nenhum formato específico, é claro, mas tudo bem. Eu tinha aprendido que aquilo não significava nada. Então, o que eu era? Minhas memórias tinham ido embora, mas as pessoas que eu tinha conhecido eram uma parte de mim. Elas tinham me *construído*. E, assim, percebi que, quando sou eu mesmo, estou com eles: com sua bondade e coragem e altruísmo. Eu não precisava de nenhum mapa ou bússola para achar o lugar que eles tinham me ajudado a construir. Então, preenchi a casa dentro de mim com mobília; com risos e luz, com amor e uma família. Imaginei que conseguia voar por aquele mundo, atravessar um céu de névoa de outono e, quando chegasse, eu saberia que estava em casa finalmente, depois de tanto tempo tão, tão longe.

Capítulo cinquenta e nove
GUELRAS E ASAS E ESCAMAS VERDES

Tanto tempo tinha passado que, quando o limbo escuro terminou, eu não tinha muita certeza do que estava vendo. Será que eu já tinha sentido a luz antes? Ou será que eu só a tinha imaginado?

Eu estava em um quarto de criança. Parecia um sonho, como uma combinação de todos os quartos que eu já tinha conhecido. O piso rangia. Em algum lugar distante, ouvi latidos. O ar cheirava a roupa recém-lavada e a pinho e à sugestão de estar finalmente livre.

A janela estava aberta, e as cortinas dançavam em volta de sopros de ar. Parece bobo, mas eu queria chorar, só um pouco. Janelas dançando ao vento sempre foram tão lindas? Mas e as tábuas do chão, cães latindo e poeira dançante em raios de luz? Acho que uma pessoa precisa ficar afastada de *tudo* para finalmente apreciar *qualquer coisa*.

Onde eu estava? *O que* eu era? Escalei para fora da janela e, uma vez na grama, olhei para minhas pernas. Elas estavam cobertas de vívidas e brilhantes escamas verde-esmeralda. Toquei meu pescoço e senti guelras. Mexi as costas e percebi, para minha surpresa, que eu tinha asas.

Flexionei meus músculos, e as asas se moveram.

— Eu me pergunto se...— falei e tirei meus pés do chão. E quem diria: parece que eu sabia como voar. Será que eu sempre soube? Parecia muito extraordinário para ser algo que eu já tinha feito antes e que eu tinha esquecido.

Peguei o jeito bastante rápido e subi cada vez mais alto e alto pelo céu.

Enquanto voava, eu via, embaixo de mim, campos dourados manchados por vacas, além de colinas cobertas de verde a perder de vista, sem casas, sem cercas. Observei o verde dar lugar a areia e dunas e, então, além da água, mais casas e mais estradas. Eu não sabia onde estava indo: parecia que eu tinha algum tipo de bússola interna, então eu a segui, voando noite adentro.

Finalmente, tive a sensação de que, de algum jeito, eu tinha chegado.

Eu conseguia ver uma rua abaixo. Como muitas coisas na vida, aquela rua também dava voltas, formando um círculo. Aterrissei suavemente, mas fazendo um pouco de barulho, na vizinhança quieta. A placa na rua anunciava Cherry Lane, o sol

tinha acabado de se pôr, e todas as crianças estavam sendo chamadas para casa depois de brincar.

Senti como se minha mente tivesse sido um desenho em preto e branco e, de alguma forma, tudo estava se enchendo de cor. Olhei para a casa amarela na minha frente, a caixa de correio vermelha, as flores roxas. Um quadrado de calor se formava em torno da luz da varanda. Parecia um convite, como o último abrigo em um mundo imenso.

Alguém, pensei, *deixou a luz daquela varanda acesa para mim*.

Capítulo sessenta
BEM-VINDO DE VOLTA, JACQUES PAPIER

Subi os degraus da entrada na casa com luz quente. Havia algo de familiar na tinta descascando na varanda, e parei congelado quando vi duas letras, um J e um F, gravadas na lateral de uma árvore.

Eu já estive aqui, pensei. *Há muito, muito tempo.*

Eu estava prestes a abrir a porta de tela quando ouvi uns rosnados a meus pés. Olhei para baixo, e lá estava o cachorro mais velho que eu já tinha visto. O corpo era longo, as pernas, curtas, e a barriga arrastava no chão. O pelo dele era cinzento e desigual, e seus olhos estavam turvos pela idade. Mesmo assim, ele rosnava de uma maneira distintamente pouco hospitaleira. Eu tinha uma sensação muito esquisita de que éramos amigos muito, muito antigos.

Ou, no mínimo, inimigos muito antigos.

— Não se preocupe com ele.

Olhei para cima, e, em pé do outro lado da porta, estava uma garotinha de 7 ou 8 anos de idade. Ela tinha cabelo ruivo e, quando ela sorria, ela sorria com uma centelha no olhar.

— Eu sou Felice — disse a garota. — Eu convidaria você para entrar, mas realmente não acho que você vai caber.

Então, em vez disso, ela me levou para a parte de trás da casa e me deu um copo do que ela disse ser vaca-preta de nuvem e um prato de queijos-quentes de lua. Olhei em torno enquanto eu comia. *Eu já brinquei aqui*, pensei de novo: pulei nas folhas desse jardim e desenhei mapas e inventei jogos sem fim. Mas quando? Com quem?

A porta de trás abriu e dela saiu uma adolescente, com o mesmo cabelo ruivo que Felice.

— Você tinha razão — sussurrou Felice à garota mais velha. — Eu imaginei um amigo, e ele veio de verdade. Acho que ele *voou* até aqui...

—Ah — disse a garota, passando o braço em volta da irmã. — Um amigo voador! Isso é especial. Como ele é?

— Você não consegue ver? — perguntou Felice. — Está aqui do lado. Ele é gigante!

— Não — disse a garota mais velha. — Pessoas da minha idade não têm amigos imaginários.

— Bom, ele parece ser parte dragão e parte peixe — explicou Felice. — E ele come vaca-preta de nuvem e queijo-quente de lua, mas a comida favorita dele é poeira cósmica.

— Ah! — disse a menina mais velha. O rosto dela parecia surpreso, mas ela sorriu de novo após um momento. — Eu sei o que ele é. — Ela continuou. — Ele é um Dragão Arenque.

Felice pensou a respeito disso e, então, assentiu, decidindo que sua irmã mais velha estava, como de costume, absolutamente certa.

— Ele vai precisar de um nome — disse Felice.

— Acho que ele já tem um — disse a irmã dela.

E, apesar de ela ter dito que não conseguia me ver, a menina mais velha se aproximou e olhou, eu podia jurar, bem nos meus olhos.

E foi então que percebi que havia algo familiar nos olhos daquela garota. A cor de dentro era como uma lagoa com azul e verde e traços de raios de sol dourados. Ora, eu esperava que um peixe saltasse para fora a qualquer momento.

Eu conhecia aqueles olhos. Alguma coisa dentro de mim rachou e se abriu. Não sei como, mas, quando abaixei minha cabeça, a garota que não podia me ver se encostou nas minhas escamas verde-esmeralda e fechou os olhos. E ali, por um breve momento, nós éramos apenas um garotinho e garotinha. Eles faziam mapas infinitos juntos: ele era capitão da floresta, e ela, marinheira. Na luz brilhante do fim do verão, eles gravaram um J e um F na lateral de uma árvore. Eles juntavam mágica em suas mãozinhas e voltavam para casa aos tropeços a cada noite e pegavam no sono ainda com grama no cabelo.

Tanto amor se agitou no meu coração que pensei que fosse estourar. E, apesar de eu saber que ela não podia me ouvir, apesar de saber que minhas palavras se perderiam, eu queria contar a ela de qualquer forma.

— *Fleur* — sussurrei —, *eu não te esqueci. Fleur* — falei —, *eu voltei.*

E então:

— *Bem-vindo de volta* — disse ela —, *Jacques Papier.*

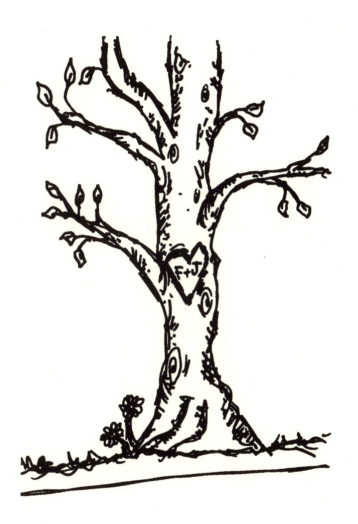

AGRADECIMENTOS

Por me ajudar nesta jornada para contar minha história, eu gostaria de agradecer a Fleur e Felice Papier, minha mãe e meu pai, Maurice, o Magnífico, Vaqueira, Superlamentável, Meia Fedorenta, O Tudo, O Escritório de Transferência, Pierre, Merla e Bernard.
Por último (e, sim, menos importante) eu gostaria de agradecer ao François, o perverso cachorro salsichinha. Toda excelente história precisa de um vilão sujo e baixo, e ninguém está mais perto do chão do que você.

~Jacques Papier, memorialista

Eu agradeço a Emily Van Beek por ser alguém em quem eu confio e a quem admiro mais do que palavras podem expressar; a Nancy Conescu, editora prodígio, esse final é tanto seu quanto meu; a Lauri Hornik, por sua reflexão e sua orientação, além de ter dito "Sim!" quando eu (nervosamente) pedi que para fazer as ilustrações; a Sarah Wartell, Josh Ludmir, Jake Currie e Patrick O'Donnell pelo entusiasmo com os desenhos bobos já mencionados; e, finalmente, à minha família e aos meus amigos, e, nas palavras de Jacques Papier:

— Todo mundo se sente invisível às vezes...

É verdade. Mas eu me sinto muito menos invisível por causa de vocês.

~Michelle Cuevas, autora

Este livro foi composto na tipografia
Chaparral Pro, em corpo 13/21, e impresso em
papel off-white no Sistema Digital Instant Duplex
da Divisão Gráfica da Distribuidora Record.